扬之水 ◎ 著

问 学 记

人民文学出版社

图书在版编目（CIP）数据

问学记 / 扬之水著 . -- 北京 ：人民文学出版社，
2024 . -- ISBN 978-7-02-018819-2

Ⅰ . I267

中国国家版本馆 CIP 数据核字第 20248SE327 号

责任编辑　董岑仕
装帧设计　李思安
责任印制　苏文强

出版发行　人民文学出版社
社　　址　北京市朝内大街166号
邮政编码　100705

印　　刷　三河市鑫金马印装有限公司
经　　销　全国新华书店等

字　　数　186千字
开　　本　880毫米×1230毫米　1/32
印　　张　8.125　插页7
印　　数　1—6000
版　　次　2024年8月北京第1版
印　　次　2024年8月第1次印刷

书　　号　978-7-02-018819-2
定　　价　48.00元

如有印装质量问题，请与本社图书销售中心调换。电话：010-65233595

○ 作者与李志仁先生

○ 与梵澄先生

丙寅正月初九日

亥冬以来第一

场雪，相色俱迢

可喜。

○ 谷林先生照片（左图）
○ 谷林先生照片题字（右图）

○ 与赵萝蕤老师

○ 与遇安师在周原观摩文物

○ 遇安师与张光直先生在意大利

○ 我的外公和外婆

○ 幻园·楮柿楼

目　次

我的读书、问学与治学（代序）……001

关于梵澄先生
　　——《读书》十年日记摘抄 ……001
绿窗下的旧风景……080
今在我家……086
关于《爱书来》……092
泗原先生……095
萝蕤师
　　——《读书》十年日记摘抄 ……105
关于南星先生……120
尽情灯火走轻车……128
"应折柔条过千尺"
　　——送别杨成凯……132
以"常识"打底的专深之研究
　　——孙机先生治学散记……137

仰观与俯察 …… 145

《从历史中醒来》跋（外一则）…… 152

"飞天"的传递 …… 156

外编

空如有

　　—— 金克木先生的书房 …… 163

听王夫人讲故事 …… 165

辛丰年与 Symphony …… 172

附录

"个边那有这样" …… 183

学术非时好　文章幸自由

　　—— 答《上海文化》张定浩问 …… 188

"山水读书"答问 …… 201

外婆家 …… 216

幻园后传 …… 226

六十九岁半 …… 230

后叙一 …… 233

后叙二 …… 242

我的读书、问学与治学（代序）

一、读书

我的读书生涯大约是从四五岁开始，当然是看现在差不多成了文物的小人书。那时候最常去的是王府井新华书店，地址在帅府园胡同口的拐角上，清楚记得店堂中间有一道高台阶，台阶下边是幼儿读物，台阶上边是青少年读物。大概没有过很久，我的阅读就上了台阶。当时读的书，现在想来大体可以别作两个系列，一是以曹雪芹为代表的古典系列，一是以浩然为代表的红色系列。后者的影响至于七十年代，前者的影响则恐怕是一生。

遗憾的是青少年时代给我的读书时间太少太少，在没有书读的时代里，只有一本小小的《新华字典》总在手边，成为随便翻开任何一页都有兴趣看下去的书。当然我至今仍对它充满感激，它使我在以后的日子里不会经常出现字音读错的过失。

我是七〇届初中毕业生。过来人都知道，与"老三届"相比，七〇届是尤其不幸的一代，因为小学只上满四年，一九六六年进入五年级的时候，课堂里已经不平静了。一九六八年"复课闹革命"，就直接成为初中生。初中两年半，学工、学农、学军，挖防空洞，坐在教室里上课的时候不多。七〇年夏天开始提前分配，根红苗正的同学优先分配到工厂和医院，留下的同学年底分往北京远郊区插队。我分到当时的房山县史家营公社会青洞生产队。史家营位于深山区，长途汽车只能开到柳林水，再往上就没有汽车路，要步行四十五里山路才能到我们所在的会青洞。虽然插队时间只有一年半，但我把所有的农活都干遍了，包括最苦最累的"下煤窑"。一九七二年秋北京市二商局招工，从我们这些知青里招了一批，我被分配到王府井果品店。先是售货员，半年之后，去学开"小蹦蹦"，取得驾照后便成为司机。过了两年又去"增驾"，即由小车改为大货，在有机厂学习了一段时间，又改到了当时的中国历史博物馆。后来这段经历被简化为"开过卡车，卖过西瓜"，其实准确的说法是：当过售货员，也当过司机。

本应在学校受教育，却被抛入社会，乃是我们这一代人共同的命运，其中七〇届年龄最小，底子最薄，因此七七年恢复高考，考取的绝大多数是老三届。我老伴七八年考上大学，在他的鼓励下，我七九年参加了高考，因为数学不行，故报了外语，——外语系数学不算分，清楚记得高考成绩超过分数线五十四分，然而忽然出来一个新规定：年龄超过二十三岁，外语系不再招收。而我已经超了两岁，自然被卡在线外。不曾料到第二年春天第二外国语学院又补招了一批，补招对象就是我这种情况的超龄考生。天公却是再次捉弄人：这时候我已经成家并怀孕。此生与大学无缘了，从此走上自学的路。

自学的路很漫长，但漫长的路途中不时会出现指点迷津的师友。

这个漫长的过程可以分为三个阶段。第一阶段，是一九七九年我调入中国民间文艺研究会资料室，进入疯狂读书的阶段。这时候的问题是不懂得怎样读书。有一位常来借书的同事，是"文革"前的北大毕业生，年纪不很大，但大家都称他"老傅信"。他告诉我说：新出版的钱锺书《管锥编》，你一定要好好读。于是我马上买了来，从此成为我的入门书。以《管锥编》为入门书，并不是说我读书的起点有多高——实际上我的读书生涯已经开始得太晚了——而是说，在高人的指点下，我遇见了一部好书。《管锥编》当然不是能够一下子读懂、读透的书，它对我的意义，在于使我看到了一种读书的眼光，读书的方法和境界，知道了如何把书读活，从此就不再一本一本读书，而是一片一片读书。这是求学路上一部书给予我的一把开启宝库之门的钥匙。

买书的生涯当然更早，现在有证据留下来的是四十七年前买下的《宋书》，至今还包着牛皮纸的书皮——那是当日买书时候的原包装——书脊上写着编号，从"1"到"8"，直到今天不曾更换。版权页的内容是，"宋书（全八册），中华书局出版（北京人民路36号）"，"1974年10月第1版，定价7.60元"。就在刚刚查看版权页的时候，发现里面竟然还夹着当年的发票，时间是一九七五年十二月十二日，椭圆的红印上有"北京市新华书店王府井门市部"的字样。王府井大街，在"文革"期间改作了"人民路"。所谓"新华书店王府井门市部"，乃是王府井南口新华书店开设的一个"早晚服务部"，面积很小，不过是书店前面辟出的一个窄长条，"早晚服务"的时间，依稀记得是早七点至九点，晚七点至九点。模糊的印象中，"早晚服务部"的时代，新华书店好像尚未恢复营业，但是这里居然经营"古书"了。那一年我二十一，正在王府井果品店开车，月工资四十块零五毛。以后我又在服务部里陆续买到《史记》《曹操集》《陆游集》等。《曹操集》书皮上的编号是"27"，保留至今的编号到此为止。

　　曾经狠狠过了一把买书的瘾，是七十年代末至八十年代中在民间文艺研究会做资料员的时候。我负责编目，做索引，借阅，更兼采购。当时为资料室买了不少好书，至今想起来还觉得那批书很有价值，只是后悔许多好书没能给自己也买下来。书不能不拼命买，重要原因在于我的驽钝，首先是记忆力不好，因此书不能不尽量把它"圈养"，一切只为使用的方便，就狭义的藏书而言，那是欣赏玩味的境界，为我永远不能及。图书馆当然也常跑。图书馆的一大好处是可以大量浏览不值得买的书（值得与不值得，当然仅仅就个人兴趣而言）。开卷有益的话真是说得太好了，跑野马式的泛览从来不会令人无获而归。然而另有一个严重后果，便是把看到的好书再想办法买回来，终究还是"圈养"。

　　第二阶段，是为组稿而读书，更是广结书缘。一九八四年春，新成立的光明日报出版社招聘编辑，九十多人参加考试，录取了九人，我是其中之一。编辑，自然要组稿；寻找选题，自然要海量读书。一年半之后，我进入三联书店《读书》编辑部。与寻找书稿选题相比，杂志编辑需要寻找的作者就更多。我负责外国部分，包括哲学、文学、音乐、建筑，因此这方面的书都需要涉猎，从中寻找作者，寻找话题。此外还有写书评：当时有不少出版社给编辑部寄书，希望《读书》做宣传。那时候常去的书店是西单绒线胡同的内部书店，这里的书全部开架，而且品种很多。再有出版社的门市部，如建工出版社、农业出版社、中华书局。出版社门市部的好处是书的主题比较集中。当然还有中国书店：灯市口、隆福寺，更少不了琉璃厂。琉璃厂有个机关服务部，熟悉的人都称它为"三门"。经常是周四在那儿和杨成凯碰面，向他请教目录版本方面的知识。写一篇两千字的书评，往往要买来一大摞相关的书。买学术方面的书，会看一下印数，如果印数少，就考虑买下，因为怕以后用到的时候就买不着了。

这一时期的另外一项修炼，是在主编确立的"《读书》标准"影响下，一面训练了鉴赏的眼光，一面形成了自己的写作风格。顶头上司老沈是一位喜欢读书并且很会读书的人。《读书》十年，主编对勤恳工作的奖励，就是赠以我喜欢的书。由平日的闲聊，逐渐明白了主编心目中的择稿标准，便是有创见，有韵致，题目不俗，总之是不仅有思想，还要文字好看。大雅久不作的时代，能够填词作赋固然教人佩服，然而凭着古文修养把白话写得好看，才更是本领。当然，有发明有见识是好看的前提，此见识也包括了通达。八股文章，一律不取。顺带说一句，那时候阿拉伯数码的使用已经开始多起来，但还远没有到当今的泛滥程度，《读书》的规则是除引书页码之外，行文中的数字表达一律用汉字。这一原则沿用至今。

在《读书》的时候，还参加了主编为几个年轻编辑组织的德语班，老师是两位德国神父。我是这个班里年龄最大的，所以学得很认真很拼命。后来德语班因故停办，如同我曾经努力学习过的英语，德语也很快忘光了。

第三阶段，是师从孙机遇安先生，开始名物研究之后。在遇安师的悉心指导下，我完成了《诗经名物新证》。师生二人都把它视作毕业论文，于是先生认为我应该认真选择一个专业方向。答道：名物研究。师曰：这个词，今人已经很陌生了。我想，我可以通过自己的努力，使这个词为人所熟悉。其实我也是受到先生的研究方法的启发。先生学的是考古专业，做的是文物研究，研究方法，则是在实物、图像、文献三者的结合处揭发研究对象的本质。这岂不就是名物研究？而相对于传统的名物学，它的研究层次更为丰富。在考古学逐步走向成熟的情况下，今天完全有条件使名物学成为一种新的研究方法而解决文学、历史、考古等领域中遇到的问题。

二、问学

能够拜在遇安师门下，是靠了王世襄畅安先生的绍介，畅安先生给了我电话号码，说：给你介绍一位最好的老师。在此之前，我先已有了先生的《汉代物质文化资料图说》，系海上陆君推荐。挑着读了其中的几节，便觉得实在太好，竟好像得获一部"汉代大百科"。第一次通电话，因为太紧张，张口就说："请找陆机先生。"

先生治学的观念和方法，首先是"问题意识"，即特别有着发现问题的敏感。遇安师的全部著述，可以说都是由"发现问题"而引出，著述的分量，也正在于"解决问题"。初从先生问学，师即告诫三点：一、必须依凭材料说话；二、材料不足以立论，惟有耐心等待；三、一旦有了正确的立论，更多的材料就会源源涌至。第一、二两条虽苦，却因此每每可得第三条之乐。我把它视作自己取到的三部真经。

此外，是更为具体的指导。首先要通过大量阅读使自己立足于学术前沿，明白有哪些问题需要解决。心里不能只有一个问题、两个问题，而是要有很多问题。好比同时点火烧着十几或几十壶开水，不断添柴的过程中，发现哪壶快开了就加添一把火。先生特别强调通识，当然日本人深井式的研究方法也值得借鉴，不过日本的大学问家也都涉足很广。

论文的写作，则分作两步。第一步，是做长编。先生的办法，是备下若干个牛皮纸信封，封皮上写明类别，然后把相应类别的卡片装在信封里。每一类卡片有了一定的数量，就开始做长编，亦即材料的整理和罗列。如果能够通过比较充分的证据而解决某一个问题，就可以写文章了。到了第二步，即写文章的过程，便是做减法，便是删汰枝蔓，"直指本心"，前提是大量的材料已为自己所理解、所消化（近年看到不少学术研究的书，都好像是罗列材料的"长编"，似乎缺少一个消化过程）。细微到引书的方法，先生也都有教授。比如古籍的引用，要选择好的版本（职官、地理、目录是研究的三把钥匙，有目录学的知识，自然懂得选择版本），只需要注明卷数。四库本，一般是不用的（宿白先生授课的时候即曾如此说）。再有就是要查找原书，引述原文，尽量不转引。

那时候会和遇安师一起去逛书店，不过更多的还是去北京图书馆，即现在的中国国家图书馆。一般是在日文书库转，一面填卡片借书，一面到日文新书阅览室浏览。沿着书架走，先生会随时抽出一本书来，说"这个有用"，以及如何有用；或"这个重要"，以及如何重要。于是记下来，特别需要的就委托旅居日本的李长声帮忙购买。

这一阶段读的是两部书，一部是依然与此前相同的纸质书。撒下一面大网，有条件经眼的书尽量拿来过筛子，即所谓穷尽资料——当然这"穷尽"也只是理想中的标准。先是把《文物》《考古》《考古学报》《考古与文物》大致配齐，接着是买考古报告。辗转联系到文物出版社的一位员工，正好因为搬家要处理一大批社里的书，于是买到不少考古报告。当时考古所门口有一个考古书店，常会出现一本两本早期出版的考古报告，不过都是加价的，每每数倍于原价，自然也在所不惜。还有一番幸运，是在杨成凯的帮助下，买到了章巽先生的一批藏书，其中最重要的是全套《禹贡》杂志。这一时期是搜索式的读书，是带了极强的功利目的亦即解决问题，阅读的兴趣，差不多止剩了发现线索、发现证据的兴趣，而这种发现常常能够令人欣喜若狂。到了文学所，变成了全职读书。爱好变成了职业应该是很糟糕的事，不过幸好我对这职业也爱着。在电脑发达的时代，这种阅读依然不能以电脑检索来代替，也正如侦破不能靠电脑来完成。一桩疑案终于水落石出，设下的埋伏终于有了收获，其兴奋大约不过如此，只是过程中的一切，惟个中人冷暖自知。我曾经很想为当日正在炮制的"古诗文名物考"起一个侦探小说式的名字，或许只有这样才能够表达破案过程的艰辛和快乐。

另一部书，是真实的"物"。追随遇安师问学，很长一个时期内，参观博物馆是一项重要的教学内容，以此深感这是一个几乎不可少的学习方式。不过那时候国内的多数博物馆都还是冷清所在，当日的中国历史博物馆、今天的中国国家博物馆也不例外。基本陈列之外，很少举办各种专题的临时展览。印象中，参观都是要买票的，五元、十元、二十元不等。很多博物馆不允许拍照，便只能以画图的方式纪录所见，以至于养成习惯。这一习惯一直保持到二〇〇六年。那一年一行二十多人往闽北窑址考察，参观博物馆，我依然驻足于展柜面前在本子上勾画展品，同行的李旻博士说："为什么不用相机来纪录？"这以后方由画图改为拍照，也因此逐步积累起图像资料。虽然近年开展的"大众考古"为大家提供了了解考古实践的机会，但能够前往考古现场的"大众"实际上仍是"小众"。博物馆则不然，它不像考古现场那样不得不有诸多限制，而且还提供了免费开放、允许拍照的条件，因此走进博物馆的真正是大众。拍了照片，把"展品"带回家建立自家的"博物馆"，这是信息时代问学与治学的新途径，也是我们特有的幸福。近年博物馆的开放力度愈益增大，展览的学术含量愈益提升，今之寻"微"，比以往增添了许多有利条件，同时也对治学者的辨析能力提出了更高的要求。字词的训诂，依凭网络检索寻源讨本，可得前人不可想象的快捷之便，然而去伪存真，抉发诗意文心，究竟还要靠学者的综合修养。而涉及一器一物的定名，在目前却是网络搜索也无用武之地，于是博物馆参观以积累实物资料便成为一个新的治学途径。不过这却更具挑战性，真正把"物"读懂，必要有对图像之时代的思想观念、社会风俗、典章制度等等的深透了解，这一切，无不与对文献的理解和把握密切相关，即要使图书馆的书和博物馆的"书"相互发明，当然这也带来更多的发现问题、解决问题的快乐。卫星总体设计师胡海鹰说："热爱是一时的，剩下的全是责任；喜悦是一刻的，剩下的全是投入。"（《文化报》二〇二一年六月十六日）我认同这里的后一句。其实所有的投入，都是心甘情愿。

三、治学

《文心雕龙·史传》第一节说："开辟草昧，岁纪绵邈，居今识古，其载籍乎？"刘勰的时代，欲接通古今，惟有文献一途。然而现代考古学的创立以及逐步走向成熟，却为我们走进古代世界揭示了更多的可能，因此很有必要使几乎被遗忘的名物学成为一种新的研究方法。

所谓"名物学"，二十年前专业以外的人知道它的还不很多，即便在学界也变得有点陌生，虽然它曾经是古代经学中重要的一支，在近代学术史上也还发挥着作用。名物学差不多可以说是随着科学考古的兴起渐趋式微，而二者本来应该是"同谋"。它不仅能够解决历史研究中的问题，还能够解决文学研究中的问题。沈从文从小说创作转向文物研究，虽然有着特殊的原因，但从文物与文学的关系来说，这种转变其实也很自然。我对名物学的解释是：研究与典章制度、风俗习惯有关的各种器物的名称和用途。所用的方法说来也很简单，即文献、实物、图像三头对案，让失散的名和物重新聚拢，然后拼镶起散落在历史尘埃中的若干生活细节，而它们本来是相互依傍的真实存在。那么这也可以说是选择一个角度进入历史，而在一事一物之微中作一点点侦破工作。

前面已经说到，我在遇安师的指导下，完成了《诗经名物新证》，紧接着写作了《先秦诗文史》和《诗经别裁》。后者至今仍在不断重印，前者则很少有人提及，不过六年前采访过我的张定浩却注意到了这本书，并由此想到了我的读书和治学路径。他说："《先秦诗文史》是一本很有特点的文学史著作，它'欲从文史哲不分的浑然中抉发独特的文心文事。所谓史，却既非纵贯也非精通，而只是用了"笔削"的办法在选择中体现出评价'。但似乎没有得到应有的关注。您对此有何看法？这是不是和我们当下的学科体制有很大关系？联系起您读书从《管锥编》入门，这也迥异于大学中文系的通常读法。是否可以说，您的读书和治学路径，更接近于传统的中国古代学者而非受西方人文学科洗礼过的现代学者？"我的回答是："《先秦诗文史》本来是集体项目中的一册，但完稿之后却发现它成了一首乐曲中的不谐和音，因此另外单独出版了。当时有朋友转告我网上的评论，道是书名不通，书也不是史的写法。我想读者有这样的想法也是合乎常理的。我既没有进入文学史写作的规范体系，也没有（其实是不会）使用理论术语，当然怎么看去也'不像'……我只能说是凭着自己的感觉，运用自己既有的知识储备，去努力贴近那个时代，去认识那一时代作者的文心，然后把自己的认识写下来。不必说这种认识是很个人化的，但它是否也可以算作文学史写作的别一种呢。"

在那一次采访中，张定浩又问道："《先秦诗文史》完成之后，您的治学兴趣似乎就开始转向两宋乃至明代，仿佛被吴小如先生言中，'从先秦入手，后来顺流而下'，是不是这样呢？然而当代学者似乎另外一直还有一种治学途径，就是逆流而上，从民国、晚清至明，进而再上溯唐宋先秦，您是如何看待这两种方式的？"我的回答是："这一转变，得自老师送我的半部《全宋诗》。《诗经名物新证》完成之后不久，孙先生送了我北京大学出版社出版的《全宋诗》北宋部分二十五册，书装满了一纸箱，当年老师是从北大骑车驮来直接送到我家，那时候他已经七十岁了。孙先生说：这部书你以后会用得着。不过我可没这么想，因此连箱子都没打开就放起来了。直到《先秦诗文史》交稿之后，才忽然想起翻一翻，翻阅之下立刻有了兴趣，于是把南宋部分也全部买来，七十二册通读一过，从此就走出先秦时代了。"在通读《全宋诗》的过程中，我整理了几类感兴趣的问题：一是两宋香事，一是两宋茶事，一是宋诗中的日常生活。自二〇〇二年起，陆续写作并发表了相关文章，十年前出版《楳柿楼集》，这部分文章分别收入《香识》《两宋茶事》和《宋代花瓶》中。

我的金银器研究，则始于对《金瓶梅》中诸多名物的好奇。入手之后，才发现金银首饰的研究实在太少了，因此益发有了探索的动力。十年前出版了《中国古代金银首饰》，近日五卷本《中国金银器》终于问世，可算作自己二十年研究心得的一个总结。李旻在此书的《序》

中说道，"考古揭示古人的做法，包括器物的制作流程与使用场景。名物探究古人的说法，在'物'与'文'之间架设桥梁。两者共同构成扬之水的研究方法"。"这部中国金银器研究巨作是一个文化史意义上的考古发掘——从尘封多年的出土金银器中发掘关于设计、制作、使用、传承的信息，进而考察它们的发展脉络"。他近日又进一步申说道："巴米扬那种破坏性的断裂，金银器的销熔，都是剧烈且不可逆转的断裂，非名物研究所能阻挡或重建。然而，物与文的脱离也是社会大断裂的产物之一，至少这一部分可以通过名物研究使文明达到重生。"

当然任何研究方法都有自身的局限性，比如我以为最有意思的是用拼对的办法，找回在历史中失散的名和物（一面是文献中有这样一个名称，可是原本和它对应的物找不到了，或者说不知道是什么样子；一面是考古发掘中出土某物，却不知道它原本叫什么名字）。通过拼对，名与物在文献、实物、图像的契合处一旦重逢，这便是最教人兴奋也最有成就感的时刻。然而这三部分材料都各有自己的偶然性，因此求证过程中，不免处处有陷阱，不能不战战兢兢，如履薄冰。这是方法的局限。再有便是个人的局限。老友李零的一句话我以为表述最诚恳："我们每一个人的知识都是百孔千疮。"正所谓"生也有涯，无涯惟智"。读书，求知，所以一生不可懈怠，而人生的乐趣，也就在此。

欧阳修与蔡君谟论书道："学书如泝急流，用尽气力，不离故处。"读书，治学，也有同样的感觉。《诗》曰"日就月将，学有缉熙于光明"，放眼看去，目标仍然是在前面。

关于梵澄先生

——《读书》十年日记摘抄

　　《读书》十年，梵澄先生是联系最多的一位作者，——不仅是文章，也是书的作者。初识是在二十年前，那一天的日记记得很详细。当时的日记好像是有闻必录，到《读书》的时间不长，似乎一切都觉得新鲜。这里记下了一位学问家在生活中多与书和人相关的若干琐细微末，惟私下里的交谈往往很随便，对人和事的叙述与评判未必准确，也未必得当，这本是无须多说的。梵澄先生很有个性，但也有他独特的随和、温厚，以及幽默和风趣。我的拙笔一向不善于写人，这些未加修饰的"速记"或可略存其真，而一切追怀与感念也尽在此中了。

一九八七年

四月三十日（星期四）

　　下午与周国平、杨丽华一同往访徐梵澄先生。

　　梵澄先生早年（一九二九年，二十岁的时候）自费留学德国，五年以后，战乱家毁，断了财源，只好归国。回到上海后，生活无着，乃卖文为生。在鲁迅、郑振铎的督促下，翻译了尼采的一些著作。抗

梵澄先生在印度

战以后，又武汉、长沙、重庆、昆明，四处颠沛流离，直到一九四八年被国民党政府派到印度教学。一九四九年国民党垮台，遂成海外游子，须自谋生路了。于是在一个法国女人开办的教育中心任职。这位法国人很看重他的才华，但实际上却是将他作"高级雇工"使用的：不开工资，只包一切生活用度。他著了书，出版后，也不给分文稿费，甚至书

也不给一本的。在这位法国女人晚年的时候（她活到九十多岁），支撑她教育事业的四个台柱子一年之内相继去世，学院一下子就衰败了。这样，梵澄先生才争得了归国的机会（前此两番皆未获许），于一九七八年返回阔别三十年的家园。先生一生未婚，目前已无多亲属，只是昆明有两侄辈，曾表示要来这里侍奉晚年。不料来了之后，不但不能帮忙，反添了数不清的麻烦，只好"恭请自便"——又回到昆明去了。

先生现住着一套三居室的房间，饮食起居皆由自己料理，倒也自在。

"印度好吗？"

"不好。在印度有一句话，说是印度只有三种人：圣人，小偷，骗子。"

真是高度的概括。与高深精密的宗教和哲学相比照的，就是世风的衰败么？

"我在印度丢了六块手表。丢了以后，就给法国老太太写个条子，再领一块。有一次她给了我一块很好的表，我连忙退回去了：这是很快就会丢的呀。"

不过回国以后的种种情形也很令他失望。除给个宗教所研究员的职称外，基本上就等于弃置不用了。几部书稿压在几家出版社，两三年以至三四年没有音讯。

请先生为我的《五十奥义书》和《神圣人生论》题了字，梵文、汉文各题一册：

圣则吾不能

我学不倦

而教不厌也

五月十日（星期日）

接到梵澄先生复信，其中言道：

我是唯物史观的，也略略探究印度之所谓"精

梵澄题字

神道"，勘以印度社会情况，觉得寒心，几乎纯粹是其"精神道"所害的，那将来的展望，科学地说，是灭亡。

来信说《五十奥义书》中有不解处，我相信其文字是明白的。这不是一览无余的书，遇不解处，毋妨存疑，待自己的心思更虚更静，知觉性潜滋暗长（脑中灰色质上增多了旋纹或生长了新细胞），理解力增强了，再看，又恍然明白，没有什么疑难了。古人说"静则生明"——"明"是生长着的。及至没有什么疑难之后，便可离弃这书，处在高境而下看这些道理，那时提起放下，皆无不可。这于《奥义书》如此，于《人生论》亦然。

书，无论是什么宝典，也究竟是外物。

通常介绍某种学术，必大事张扬一番，我从来不如此作。这属于"内学"，最宜默默无闻，让人自求自证。否则变怪百出，贻误不浅。

六月十九日（星期五）

上午九点半钟，中央电视台胡铮、陈梁等四人坐车来接。

继往北大接金克木先生，然后同往香山饭店，拍片（按片名为《同一屋檐下》，以下所记拍片情景略去）。

前几日曾致函（写满三页纸）金先生，约请他评《五十奥义书》，他说已复信婉辞，但至今信未收到。今日见面，复又提起。

因说起梵澄先生，金先生原是认得的。

他说，梵澄是一九四四年去的印度（此前蒋介石到印度访问，欲与之修好，答允派两位教授去讲学），同行者为常任侠，但二人下飞机后便反目了。常是左倾的，徐无党无派，但决不左向，于是各奔前程。

……

以后就到了阿罗频多·高士的修道院。阿便是《神圣人生论》的作者。他是哲学家，也是社会活动家，搞暗杀和恐怖活动，后受到英统治者的追捕，乃逃到南印度的一处法属地，得到一位有钱的法国女人的资助，办起一座修道院，他就做了教主，著书立说。后"修炼得道"，便不再开言，只是撰述。一年与弟子们见一面，也是不说话的。

他在印度的地位是极高的，被称为"圣人"，卒于一九五〇年。他到晚年，差不多就是个神经病了。

徐翻译了他的书。

徐要求回国的事，冯至和我说起过。他提的条件就是要在国内出书。

经研究后，同意接受。如果大陆不接受，他会去台湾的。（今按：后来我曾就此事问于梵澄先生，先生另有说，见后面的日记）

聊了半天的结果，是金先生同意写一篇谈《五十奥义书》的文章，但不想写长。

我说：短文，最好。

六月二十日（星期六）

接到金先生六月十五日发出的信，其中言道：

复札手悉。嘱写书评，但《奥义书》聚讼纷纭，实难置喙。译者徐，评者巫，皆在印时素识，更不便说话。

至于唯心唯物等等，由四十至五十年代两大阵营说而起。今国际"阵营"已不讲，哲学"阵营"只中国还在坚持。当四十至五十年代之间，东德有位旧学者力求从印度古籍中寻找唯物论，于是有种种解说，中国受其影响，不少人依之立论。如同对"老子"，有位学者先定为唯心，又改定为唯物，现在不知又怎么讲，我见到也不妨问他。《奥义书》类似中国的子书，《诸子集成》，直到后代仍有作者，本是通名。十九世纪末二十世纪初德国有位学者以康德之学加以解说，后又联上黑格尔，印度学者大为欢庆，也随之联系。这和今日中国尊孔实无二致。他们所口书只指几部，徐译有五十，多去有一百零八，甚到有二百多记，不是一时一地一体系。现代所讲不过都是古为今用，一涉及此点，岂能说话？故我实不欲说，非仅不敢说也。而且书已多年不读，徐译稿，编者曾来问我，我只嘱勿改勿批，不作引言。出版后徐又赠我一册，我也未看。现在精力日衰，不能再去钻研，故亦不能说话。以上啰唆无非是向你告罪，区区苦衷，尚请鉴谅。……

六月二十九日（星期一）

接金克木先生电话，云评《奥义书》之稿已写就，嘱我往取。遂往北大。

老先生真健谈，一聊又是三个多小时。

回顾这篇文章的整个组稿过程，是极有意思的。长达数小时的两次长谈及书信往还，早已超过这四千多字的篇幅。

如此，乃恍然得解：奥义书者，本无奥义也；最神圣的信仰，原缘自最世俗的念欲；再深奥的哲学，蕴含的也是生命之精义。这是一种高级哲学和原始信仰的特殊共存。

文章浅白平朴，而其中"意思"殊多也。梵澄先生曾云：愿读者自做解人，金文同有此意在焉。因之对若个"奥义"，不过点到而已，正是好处。

金先生戏称："此稿是在你的'亲切关怀'下写成的。"

十月十三日（星期二）

下午与周国平一起往访梵澄先生。

先生今日情绪极佳。首先谈到我写给他的信，认为还有一定的古文修养，但文尚有"滞障"，而文字达到极致的时候，是连气势也不当有的。我想，这"滞障"大约就是斧凿痕，是可见的修饰，而到炉火纯青之时，应是一切"有意"皆化为"无意"，浑融无间，淡而致于"味"。

又打开柜子，找出十几年前发表在新加坡的几组文章：《希腊古典重温》《澄庐文议》《谈书》，并告诉我说，昔年他在印度阿罗频多学院时，由于那位主持人（法国老太太）的故去而使他的生活难以为继，因而卖文为生，虽所得无多，但不失为小补。如我对这些旧作感兴趣的话，可以拿去发表，但要请人抄过之后，再拿去给他看一下。

又翻出《鲁迅研究》，让我们看发表在上面的《星花旧影》，是谈他和鲁迅的交往，并录有若干首他写给鲁迅的诗。当年墨迹的复印件也让我们看了。文字纯静而有味，诗有魏晋之风，书似见唐人写经之气韵。

先是，沏上酽酽的红茶一杯，继而又拿出月饼，一人一枚，分放三小碟，一剖四牙儿。先生和周君都吃了，我没吃。走时却将之装入塑料袋，硬要我带走，说：切开了，不好放，我一个人如何吃得完？

十月十五日（星期四）

将《希腊古典重温》整理剪贴，并为之誊抄。

十月十八日（星期日）

上午访梵澄先生，将誊抄过的部分稿子请他过目，并送去信笺、墨汁。

问起他近日的作为，言道：正在为欧阳竟无编一选本。案头所置，正是四厚册《欧阳竟无集》，乃台湾版，国内无见。又问欲交付何家，云：金陵刻书处。遂曰：何不与三联？笑答：也是可以的啊。不过，稿子需要一一抄定。我表示愿意承担。

梵澄先生对渐师很是心折，再三称誉其文章之美，当下让我与他并坐案前，为读其记散原一文。果然文气浩博，凡顿挫处皆有千钧之力，而叙事又多欣戚之感。

十一月二日（星期一）

如约往梵澄先生家取稿。今日又逢他兴致很高，聊了一个多小时，并出示他几十年来所作旧体诗，请我为之联系出版。惶急不及细读，蓦见一首《王湘绮齐河夜雪》，遂拈出，当场录下，诗云：此夜齐河雪，遥程指上京。寒冰子期笛，落月亚夫营。战伐湘军业，文章鲁史晟。抽簪思二傅，投耒怅阿衡。危国刑多滥，中期柄暗争。所归同白首，何处濯尘缨。返旆还初服，传经事耦耕。金尊浮绿蚁，弦柱语新莺。兰蕙陶春渚，桑榆系晚晴。知几无悔吝，吾道与云平。诗后补注曰：湘绮楼有《思归引》自言其事，苍凉感喟之意皆为其格调所掩，未尽写出，概可于他篇见之。兹则直抒其意，语有当时人所未敢言者，于此又见古人之弥不可及也。——"所归"二句皆用古语而稍变，《引》中亦尝说及石崇事，此又白居易咏甘露之变者也。

因与道及王湘绮撰写《湘军志》一事。先生说，他当年亦尝与鲁迅先生论及此。周问，徐答：《湘军志》用的是《史记》笔法，但太史公虽叙事亲切，每似己之身历其境，却始终保持冷静，湘绮则徒有其一，而无其二。鲁迅先生深然此言。但后来先生得知，鲁迅是赞赏司马氏之冷静的。

由此又把话题转向谈史，谈黄石老人与张子房，谈鸿门宴，谈杨贵妃。先生颇有与众不同之见。遂曰：何不撰几则"读史札记"？《读书》最喜此类文章。先生似有意为之。

十一月七日（星期六）

上午如约访梵澄先生。——前番交下一册手稿《天竺字原》，嘱我抄录其序，以收入"杂著"。临别问及下次晤面时间，乃答："星期六。"已而又笑曰："我，黄石公也。"盖因当日曾论及黄石公与留侯桥下之约。然既如此言，我岂非成了张良？不敢也。

先生将目录审定一回，以为尚嫌单薄，便又寻出一册在印度室利阿罗频多修道院出版的《行云使者》，嘱我誊录其序及跋，亦一并收入书中，并应我之请，言当为全书作一序。又将此编初步定名为"异学杂著"。

谈及散原诗，言至今记得一好句："落手江山打桨前。""初读之时，以为'落手江山'，寻常句也，未尽得其妙，而于心中徘徊久不去。约有半年时光，忽而悟得，此乃江中击水，见江山倒影而得句。细玩其意，得无妙哉！"

将日前检得朱记"国史馆长"一则示与先生，先生正之曰："王晚年非'寒素'也。仅示一例。当年湘中有一朱姓秀才，弃文从商，经营茶叶买卖，后成巨富，茶行遍布。其向湘绮求文，先是，奉呈银子三千两，王弗受。遂易之以水礼（绸缎、果品之属），乃应。可知王名重当时，囊中曾不少物也。"

继而又述一则王之轶事："时有一和尚犯事，坐罪站笼。寺中诸和尚欲救不能，乃贿于王，以求为之说情。一日，王拜会县令，说笑一回，起身告辞。主人送客，王见笼中和尚，佯称曰：'这和尚站得好！那日同他对弈，竟一子不相让。'言讫而去。和尚由是得免。——能与王对弈者，岂非友乎，县令固不愚也。"

忆及著述之甘苦，乃云：五十年代迻译《五十奥义书》，时在南印度，白昼伏案，骄阳满室，寓居之墙又为红色，热更倍之，每抬臂，则见玻璃板上一片汗渍，直是头昏昏然也。然逢至太阳落山，暑热渐退，冲凉之后，精神稍爽，回看一日苦斗之结果，又不禁欣欣然也。

人入暮年，可有孤独感？答曰：余可为之事，固多也。手绘丹青，操刀刻石，向之所好；有早已拟定的工作计划；看书，读报，皆为日课；晚来则手持一卷断代诗别裁集，诵之，批之，殊为乐事，孤独与余，未之有也。

十一月十日（星期二）

接陈平原电话，云《散原精舍诗集》已借到，遂往北大。

书取到，径送往梵澄先生家，时已将及六点。先生一再留饭，说：我这里有三个馒头，我只吃一个，你吃两个。乃婉谢。于是为我沏上一杯咖啡，并一定要我喝下去。

取出一册《玄理参同》，嘱我将其序言誊抄，一并收入《异学杂著》。

十一月十八日（星期三）

如约往梵澄先生家取《异学杂著》序。又交我一部手稿，是室利阿罗频多修道院的主持人，那位法国老太太的著述，名为"周天集"，一段一段，类似"道德箴言"。他说，联系了几处（包括香港、新加坡），都碰了钉子，嘱我再为之找一出路。

告别之时，硬塞我两个橘子。先是不受，后先生说，这是对朋友所表示的好感，便觉再推似有不敬，遂收下。

往编辑部，发稿。

中午到的丽吃饭，老沈又参加了。饭桌上说起梵澄先生所托的那部书稿，老沈表示很有兴趣。

十一月二十四日（星期二）

上午往梵澄先生处取《散原精舍诗集》。借书本是为请他写书评的，但今日却言不愿为之，原因是恐牵涉诸多人事，乃欲令我代笔，而不署先生之名。恐无力荷此任。

又示我一副对子：人寿丹砂井，春深绛帐纱。云此联乃廖季平所为，但先生不满于下联，因欲改写，然后书于壁，并让我也试为之对。我何尝有此急智，再三言之：不能。先生曰：不急，不急，待对出，信告可也。

辞别而归。未及进家，脑子里蓦然跳出一句：神通梵铃中。情知未称的对，也只得以此交卷了。

十一月二十六日（星期四）

雨化为雪，天寒甚。

为梵澄先生送去《周天集》稿，请他为之序。雪犹未止，路滑难行，骑车至团结湖，已觉双腿发颤。

先生稍肯日前之对。示我一纸当日所书梵文墨迹，云：此曰梵寐文。以此易下联之后三字，当为佳对也。

谈及八指头陀，犹记其若干好句，如"袖底白生知海色，眉端青压是天痕"。此登高之作也。又曰：陈石遗尝有诗：山鬼夜听诗，昏灯生绿影。八指头陀乃云：后句不妥，当易为"宽窗微有影"。

又示我学诗之途：先由汉魏六朝学起，而初唐，而盛、中、晚唐。追慕杜工部、玉溪生可矣。我说，学诗乃青年人事，如今已过此界，何以为之。先生曰：不然。知高适否，四十岁以后方学诗，岂非卓然大家。

又说：我向不以灵感为然，学识方为第一，所谓厚积薄发是也。即如八指头陀，大字不识一个，不过以"洞庭波涌一僧来"一句成名，后之为诗，则多为一班名士所助。

十二月一日（星期二）

往梵澄先生处取《周天集》序。

他说，一年将尽，遗憾的是没有得机会去四处走走，只是因公去了一趟扶风的法门寺。明年要制定一个旅游计划了。不过今年的确做了很多事情，看校样，编书，还看博士论文。于是又说起，去一次干面胡同，乘出租汽车，要耗资三十四元，而细心审阅一篇博士论文，才得二十元。先生是以国内之收入，来行国外之生活方式，如何能持平。出门坐小车，当然不是一介寒儒所能享受的。

将《周天集》选题报上。

十二月十七日（星期四）

上午访梵澄先生。

先生正在临《泰山金刚经》，因让我当场临写几字，顺势告以执笔之法、运笔之道。说目前我已到了中级阶段，欲再向上跃，则须反求于古，即所谓取法乎上，从汉魏学起，求朴，求拙，勿钝，勿利。又提起我的那首小诗，指出其中病句，并曰学诗与学书的道理是一样的，先从《古诗十九首》入手，熟读《文选》诸诗，而唐，而宋，元、明可越过，清初王渔洋诗不可不读。

又取出他的诗作，选出若干首读给我听。有《前落花诗》（五古一首）和《后落花诗》（七律十五首），写得极好，开篇一句"落花轻拍肩，独行悄已觉"，已觉很有韵味。

《周天集》已作选题上报，因字数过少（两万），故请先生再为之增补若干篇幅。于是取出一本小册子《南海新光》，后有室利阿罗频多事略，嘱我补于其后。

临别，约二十六日再见。

十二月二十六日（星期六）

上午访梵澄先生，告以《异学杂著》已发稿，但《希腊古典重温》《澄庐文议》《谈书》外，其他几篇序跋被撤下。先生意欲再增补几篇，另成一书。此议尚须与李庆西商量，不知他们是否有兴趣。

一九八八年

三月四日（星期五）

访梵澄先生。告诉他，《周天集》是准备出版的，但嫌篇幅太少些（两万字），希望能再作些增补。他却认为是总编辑考虑到会蚀本而找出的理由。目前他手中所作正是《周天集》续篇，可他说不能交给我，反要我把老沈手里的那一部手稿要回来。只好反复向他申明，书是决定要出的。最后总算答应，要我再次与老沈讲定，然后下星期五去他那里取稿。

三月十一日（星期五）

到梵澄先生处取稿（《周天集》二）。上次去时他曾说起，有一部室利阿罗频多的《〈薄伽梵歌〉论》稿欲请人誊抄，而言中透露之意是想让我来做。我回说，工作很忙，实在没有时间，但可以为他物色抄稿人。

抄稿人已找到，但他并不想用。

"你愿意在我这里学学古文吗？"

"当然愿意。"我一时未明其意，而对这个问题，除此之外没有别的回答。

"那么你就来帮我抄这部稿子，抄的过程也就可以揣摩文意。"

"可我实在没有时间，会误事的。"

"不要紧，并不急的，只想有一份誊清的稿子放在那里。"

如此，我竟推托不得了。他又特别强调说："我不会少付你钱的。

待书出时，还可以从稿费中提成，百分之十五或二十，都可以，你说吧。"

我连忙表示，这一点不必考虑。

过了一会儿，又忽然说道："你该拜帖子了。"于是告诉我，何以为拜帖子。但末了却说：这是开玩笑，你可不要给我送帖子。"我一生得力于两位老师，一位是启蒙的先生，一位便是鲁迅先生了。我们交往了八年。那时我常常往他家里跑，一聊就是大半天。有时有个字认不得，也要去向先生讨教。在他家里吃过无数次的饭。先生谈兴浓起来，什么话都和我讲。"他一共上过四所大学，后来又去德国读书。

三月十五日（星期二）

为梵澄先生抄稿。

四月十一日（星期一）

到梵澄先生家送《异学杂著》校样。

出门一看，漫天昏黄，狂风起处，卷起沙尘，直扑得满头满身。

四月二十日（星期三）

又起黄风。

往梵澄先生处取校样。

六月十二日（星期日）

到谢选骏处取抄稿（梵澄先生嘱抄的《〈薄伽梵歌〉论》，他请了妻弟来抄）。

六月二十五日（星期六）

清早往梵澄先生处送抄稿。先生今天心情格外好。先示我一首《登泰山》，系此番往山东朝圣所作，又嘱我当场抄录下来。而我心里想着服务日的事情，急忙中竟抄漏了四句半，被先生检视一过时看出，真有些尴尬。走时又执意送我下楼。

八月三日（星期三）

到梵澄先生处送抄稿。送我一册《瑜珈论》。

八月十一日（星期四）

到梵澄先生家取稿纸。老先生检点旧藏，送了我一幅字，这却是没有想到的。

八月二十七日（星期六）

访谢选骏，将梵澄先生手稿交与他。

九月十五日（星期四）

给梵澄先生送去《异学杂著》样书。他今天心情格外好，送我走出门，竟笑眯眯的抚掌而呼："感谢大妹！感谢大妹！我爱大妹！"——所以称"大妹"，是因他刚刚在送我的书上写道：丽雅大妹惠正。

九月十七日（星期六）

下午夏晓虹送来为梵澄先生所借《散原精舍诗集》。

九月十八日（星期日）

将书送往徐先生处。少留便欲告辞。先生口衔烟斗，徐徐说道："不要忙，不要忙，你每次总是行色匆匆，有些事可以慢慢讨论的。""你我相识已有一年，作为你的小友，你想一想，我可以为你做些什么呢？你看你对什么最感兴趣，不妨花功夫潜心研究。""诗，或散文？"

对什么最感兴趣？真难说，对什么都感兴趣。

"散文吧。"

于是先生告诉我，要从最上处入手，即《左传》《史记》，也可以加上先秦诸子。

十月十二日（星期三）

往梵澄先生处取《散原精舍诗集》。先生今天显得分外激动。他不久前收到《异学杂著》一书的稿费，因执意要从中抽取二百元赠我，以为酬劳。我坚辞不受。于是他以西方式的礼节对我表示了感谢。并且告诉我，前几日曾写了一首怀念的诗：言别期逾月，低回独尔思。真成动爻象，未是惜恩私。举酒将谁□，看花默自持。中天望星斗，应笑老人痴。他说，我像英语中的 cherub。

十月二十三日（星期日）

往陈平原处取得陈散原诗送梵澄先生处，并为之代购的宣纸和刻刀。

徐先生说，告诉你一个秘密，今日是敝人的生日（农历九月十三）。前此我几番询问，先生皆云不记得。他说，他的一些朋友也都向他打听，并曾到所里查询，岂知先生连一纸履历都没有，当然也就无从获得。

因问将如何度。答曰:有什么可度？练字，读书，写文，如此而已。昨日尝倩工友购鱼一条，或可烹而食之。你来正好，共进午餐，如何？这里有上好的咖啡，为你煮一杯。

——婉谢。少坐即辞。

十月二十七日（星期四）

往谢选骏处取梵澄先生抄稿。

十月二十八日（星期五）

黄昏时分，往梵澄先生家送书及抄稿。送我出门时，先生说："你来看我，我非常高兴，希望你能够常来。不过你应该接受我的款待，吃一些点心，喝一杯咖啡，要学学做'俗人'，你的'雅'，让人不能忍受了。"

十一月十二日（星期六）

往梵澄先生处取《散原精舍诗集》送交陈平原。徐先生送我一册新著《老子臆解》。他说，此书自酝酿于胸至印行问世，前后总有二十五年了，但稿酬所得不过五百元。言下颇生感慨。

十一月二十一日（星期一）

清早往北大畅春园陈平原伉俪新居，与我之居相比，可称豪华了。

取得《散原精舍文集》。

将书送至梵澄先生处。他力邀我与之同往吃饭，坚辞。

十二月五日（星期一）

往朝内，接到浙江社寄给梵澄先生的书，遂携往徐府。

徐先生笑哈哈地说："我正在'大做文章'哪。"原来他正在给贺麟的诗写序言。细问之下，方知贺是他五十多年前在海德贝格的老同学。同学之二则是冯至。冯、贺二人系同月同日生，贺长冯五年。因此层关系，每岁二人寿诞之日，徐皆邀冯、贺往某处小酌，酒饭之间，忆旧而已。今年却未循此例。询其原委，答曰：一来物价昂贵，质次价高，无甚兴味；二来贺麟年事已高，听力减退之外，言语也欠伶俐，故而免仍旧例。

送我一册今年第二期的《新文学史料》，内载冯至一篇《海德贝格记事》，所记徐诗荃者，即梵澄先生也。字里行间，非仅情深意笃，亦可见至诚之钦慕。

又送我一方自镌印章：水月一色。印钮为一拄杖寿星。

闲谈之际，说起陈康，原来也是徐的德国同学。他告诉我，陈是扬州人，平日总是气色平和，雍容有节，与之相处很好。四二年徐在重庆中央图书馆时，陈还去看过他，如今却是多年没有来往了。听说他的夫人是外国人，目前家于台湾。

交还我《散原精舍文集》。忽又忆起什么，乃开卷，翻至卷七《南湖寿母图记》，为诵以下文字："今岁十二月为太夫人六十生日，清道人乃作《南湖寿母图》志其遭。余故亦尝履是区而不能忘者，以谓今日之变极矣。政沸于上，民掊于下，崩坼扰攘，累数岁不解。耳目之所遭，心意之所触，吞声太息，求偷为一日之乐而不可必得。当是时，如仁先兄弟者，尚能娱亲于萧远寂寞之滨，优游回翔，寤寐交适，冲然与造物者俱，不复知有世变然者，不可谓非幸也。盖天之于人，虽若悬运会以纳一世，而其汹穆大顺之气潜与通流，莫可阏遏，必曲拓余地，导善者机藏其用，以滋息人道而延太和淳德于一心，呼吸之感，福祥之应，环引无极，亦终自伸于万类，不为所挠困而获其赐。揽斯图而推之，其犹可憬然于天人相与之故也欤？"诵罢赞不绝口："真好文字，文字好哇！"

十二月十日（星期六）

给梵澄先生送去挂历。

一九八九年

一月三日（星期二）

接梵澄先生信，不禁一惊，——厚厚一叠，写满八页纸，是岁末最后几个小时写成，新年发出的。

一月三日（星期二）

访梵澄先生。他告诉我，几日前访老友贺麟，他已八十七岁，虽鹤发童颜，却步履维艰，口中嗫嚅难为言，因觉无限感慨，归来作诗一首。

道别时，他坦白而诚恳地说道："希望你能常来。我一个人是很寂寞的。""过节时，不会有人来拜年吗？""鬼才来！""是穷鬼，还是富鬼？"先生不觉笑起来，随即答道："其实鬼也没有一个。"

二月十三日（星期一）

接梵澄先生书，原是行草墨迹一帧，上书：史有嗟蛇岁，今谁北海儒。周情兼孔思，陋巷与云衢。太白光常大，青山兴每孤。众醒成独醉，无寐待昭苏。己巳元旦录戊辰除夕独酌一律寄丽雅大妹存翫。

随即复书一封，略云：周情孔思，今世恐已无存。颜回之乐，又有几人为然。平步云衢，或称一幸，然孔北海杀身之祸可得免乎。"青山"并不孤（李白故里，游者颇众），太白高情成绝响矣。最喜"众醒成独醉"句，老氏曰：俗人昭昭，我独若昏兮。俗人察察，我独闷闷兮。此岂不正为超上之境。先生尚有昭苏可待，我却只将红烛燃起，而吟姚梅伯之句：如槃大饼如椽烛，不祭钱神只祭诗。

四月三日（星期一）

访梵澄先生。他说，已经盼望我好久了。

交我"蓬屋说诗"稿数叶，问我可否作《读书》补白。又找出旧稿"母亲的话"，嘱我找人为之誊写。

又告诉我，对他《除夕独酌》一诗有两处解错了。"北海儒"并非孔融；太白乃是天上之"太白"。他说："我就够粗心了，你倒比我还粗心！"

六月十九日（星期一）

往梵澄先生家送稿。他见到我非常高兴，说："我很想你。"大概人到老年会特别感到孤独。他说他有一位女朋友，是七十年代在印度结识的，美国人，研究精神哲学。有一年夏天，这位女子跑到梵澄先生那里去谈天，并带去一个水果蛋糕，出于礼貌，梵澄先生表示很好吃，说了几句好话，她竟然十分当真起来，写信让她的母亲从美国航空寄来一个。这一年圣诞，又寄来一个，此后年年不断。后来她来北京，相见时，先生告诉她："水果蛋糕我已经吃够了。"

他的两个老同学，一个贺麟，一个冯至，贺已垂垂老矣，讲话都不容易听得清了。冯近日心境不好，来往也不多了。因此他反复说：希望你能常来看看我。

当他点起烟斗的时候，又说道："我现在对自己的文字已经不在乎了，送到出版社，就随它去了。"

八月十日（星期四）

清晨天阴，八时过后，飘起细雨。

访梵澄先生，日前接到一纸短笺，其中言道：方从大连归来，此行曾作得一首五言诗，意欲烦我恭楷誊抄，然后复印若干份，以赠友朋，因请我得便将诗取回。

说起陈康先生，他说他们是老同学呢，那是在柏林学习的时候。

那时，这位陈康就有几分年纪了，现在怕有九十多了吧，归国后就差不多失了联系，在重庆时，忽然某一日这位老兄来访，由此梵澄先生还作了一首诗。以后来往仍然不多，最后一次大约是七四年，梵澄先生送他一册《薄伽梵歌》，并附一信，陈先生收书后复信一封，而并没有书回赠。

将那一首诗索来，录于下：

某道兄归国见访因赠（癸未）

牙签玉轴累缥青，东壁昼梦花冥冥。忽惊故人来在门，倒屣急歀双眸醒。柏林忆昔初相见，谈艺论文有深眷。握手今看两鬓霜，一十四年如掣电。当时豪彦争低昂，各抱奇器夸门墙。唯君端简尚玄默，独与古哲参翱翔（按谓柏拉图与亚里士多德）。自从不醉莱茵酒，世事浮云幻苍狗。我归洞庭南岳峰，爱与山僧话空有。君留太学恣潜研，关西清节同吞毡。升堂睹奥已无两，急纾国难归来翩。滇池定波明古绿，迤山翠黛螺新束。南国春风蔚众芳，玄言析理森寒玉。食羊则瘦蔬岂肥，广文冷骨颤秋衣。不于市井逐干没，乐道知复忘朝饥。见君神旺作豪语，大业恢张仗伊吕。中兴佳气郁眉黄，莫向蜗庐论凡楚。

诗将此君风神态度、从学从业之履踪以及与之相交原委，道个淋漓。陈曾将此作示与其父（陈父作得一手好诗，且兼通书画，讳廷桦，字含光），陈父称许不置。

归途中，雨大起来，鞋袜皆被浇透。

一九九〇年

一月廿二日（星期一）

往编辑部。

往朝内校封一、二、三。

访梵澄先生，他埋怨我为什么这样久不去看他。

又说起最近遇到一件非常恼火的事：家乡的祖坟被人掘了，是想盗宝，其实无宝，结果搞得十分不堪，是一个远房侄女为之草草收拾了，故先生说，连日来每念及此，便觉心头火起。

我提到最近商务出了一本《印度哲学史》，先生只说了三个字："不必看。"我更言之："除了解放前的那一本《印度哲学史略》以外，这大概是近年所出的唯一一本吧。""其实不写更好。"于是相与而笑，先生又说："对有的书，我只能说：'很好，但不必看。'"

他说："我和你的交往是朋友间的交往，没有功利的，而其他一些却不是这样，一位黄姓女士，来看我，提一条鲜鱼，亲自下厨烹调，共进午餐，第二天，就抱来一本德文书——翻译上碰到问题了，请我帮助解决。前几天，几位所长副所长亲自登门，还送了一篓苹果，慰问一番，结果第二天，工作就来了——某位要参加一个学术会议，因邀请了外国人参加，所以要打印英文讲稿，所以让我连翻译带打字。"

一月二十五日（星期四）

晨往梵澄先生处送书，——《神圣人生论》原著，为取室利阿罗频多手迹，作《周天集》封面题签之用。

案头已放着《读书》第一期。先生说，你们这一期发了一篇捧□□□的文章？答以"其学生所为"。乃道："□毕生也只是一位哲学教授，称不上哲学家，更称不上哲人。孔子是哲人，苏格拉底是哲人。""贺麟是哲人吗？""贺麟可以说是哲学家，他有一些自己的东西。"又说起："早些时去看他，须发皆白，耳朵聋了，说话也不大发得出声音。可前几天去看他，头发出了黑根，讲话声音朗朗，竟是返老还童了，多奇怪！"话头转回来，仍说□，说他到了"文革"时，是一点也不"哲"了，不过这都可以原谅。"原来我以为郭沫若实在让人无法原谅，后来也就原谅了，为求免祸，他也是不得不如此。有许多事情是不得不如此的。"于是谈到柔石的死。鲁迅为他的死写了一篇《为了忘却的记念》，是有难言之隐痛的。

请他题写《周天集》的译者姓名，写了几个，都不满意，乃吟道："不着意时书便好，守真规处画难工。性灵功力交融处，一片天机造化中。"于是更取两笺，随手书下，"你看，这随便写的果然就好，刚才着意刻画就总也不行。"遂取出手绢包，钤上一阴一阳两方印，送与我。

想借诗稿一观，先说不行，沉吟一下，又同意了。取出翻阅一过，才拣出其中四叶交我，并嘱"两周内送还"。

又说起抗战时期在重庆还主编过《图书月报》，是由中央图书馆出钱办的，共坚持了七年。当日生活非常困难，国民党要员可以过得很好，但小职员们就只能吃"八宝饭"（糙米、老鼠屎、煤渣、土屑……）。

二月九日（星期五）

午后访梵澄先生。

见我所钞诗，以为小楷较前大强。因记起上午杨在电话中说，接到我的信，几欲以之去换鹅。推想近日所作之努力，果然是有些成效。

说起今人不及古人，乃以故事譬之：昔康昆仑弹一手绝妙琵琶，有欲拜其为师者，先奏一曲，拨弹未几，康止之曰：若已不可教。以所弹有胡音之故也。以是言道：古人做学问能达到一个高的境界，缘其纯也。放眼今日，已遍是"胡音"，再求境界，不可得矣。

"中西结合不可能吗？"

"无论中西，在各臻其至的地方是完全不同的，无法结合。我德国诗、英国诗都读过不少，法国诗也看过一些，那和中国诗是完全不同的。"

"没有能够代表我们这一时代的大家出，不是太悲哀了吗？"

—— 那只是一方面。现在老百姓人人有饭吃，这是了不起的成就，历史还没有或者很少有哪一王朝达到这种程度。作诗作文到底比不上吃饭重要。而且，现在是普遍的提高。全民素质提高一寸，就至少需要一百年的时间。

二月二十三日（星期五）

访梵澄先生。

把钞稿给他，于是借此讲起诗作中的种种好处。对几十年前的旧作能够记得清清楚楚，真令人吃惊。他说，文章倒不大能记得，诗却是不会忘记的。说起中国诗，他说，就数量来说，把全世界所有的诗都加起来，也不及中国的多。

三月九日（星期五）

午后访梵澄先生。

他刚刚完成鲁迅书目的校正工作（此事持续干了两阅月），极想放松一下，因此谈话兴致很高，一再留我多坐一会儿，并且说，我是他唯一能够谈得来的女朋友。

他说，我给你作一首诗吧，是个文字游戏，—— 限韵：溪、西、鸡、齐、啼；要嵌：一、二、三、四、五、六、七、八、九、十（双）、百、千、万；丈、尺、寸；禁止香艳。

诗曰：

万古心源寸水溪，儒林七二将山西。九天灵曜双鸣凤，一剑霜寒五夜鸡。八表帝秦三户在，天经传汉百城齐。丈夫四十彊而仕，尺法千家解怨啼。

给他看最近出的一册《俞平伯旧体诗钞》，读到《遥夜闺思引》中的小序，乃道：读到这里，我又有不以为然处了。骈文的作法，是要高、古，像"不道""仆也"这种辞，是不能用的。此外，"孰树兰其曾敷，空闻求艾；逮褰裳而无佩，却以还珠"，"兰"字平仄不对，易为"蕙"字方可读。当然俞氏也算是一位高手了，但决不是大家。

我说：如今早不是骈文时代了，哪里去找大家？ 毕竟强弩之末难穿鲁缟。先生以为是。

又读到其中所收的几首词。他说，词与诗不搭界，没有人二者兼能。写诗即不要去填词，恐以词坏了诗。我生平只填过一两首，就再也不去碰。"是不能为，还是不屑为？""是不屑为吧。词的境界何如诗的境界？ 诗的气象可以阔大，词却只是软柔。""'大江东去'也是软柔吗？""当然不是。可苏辛词离词境已经很远了。""玉溪生的诗也气象阔大吗？""他的好处只在工细。"

三月二十六日（星期一）

日前接梵澄先生信，云已住进阜成路的304医院，拟作全面检查，因往探。但自复兴路立交桥转弯，一直骑至西直门大街，也未找到阜成路。几番询问，也无人知道304医院在何方。

四月二十八日（星期六）

今日是入春以来最好的一天，真正是惠风和畅，红绿扶春了。

访梵澄先生。他委我代购《文心雕龙》，再帮他双钩《泰山金刚经》中的八个字。

到琉璃厂为他买书。

五月五日（星期六）

访梵澄先生。

为他钩勒《泰山金刚经》上"波罗蜜多心经"几个字；请他为《密宗真言·序》添加一段话；把为他买的《文心雕龙义证》和为他抄的诗稿交接妥当。

转告老沈的话：三联准备出《密宗真言》一书。

最后请教他两个德语上的问题。

他说："做你的朋友真不容易啊。""为什么？""必须随时能够回答你的问题，而且还得精通德语，随便你问什么，都能立刻答上来。"

梵澄先生说起，万人称诵之事，宁可不做；为一有识者讥的事，不可为。随即举了姚广孝的例子。

五月十六日（星期三）

发稿。

午后继续完成扫尾工作，然后与老沈一起访梵澄先生，谈《密宗真言》一书的出版。

六月十一日（星期一）

下午给梵澄先生送去《周天集》校样。前番与老沈同去拜望，原是约定邀他和缪勒会见，在健力宝酒楼吃早茶的。但自那之后，老沈便把此事不再提起。今日先生却说："这事不去管他，我倒真心要请你们两位在那里吃一次。"我一再说不必，最后说："此系师出无名。""就算联络友谊吧。""已经有了友谊，还需要联络吗？""那就增进友谊吧。"

六月十八日（星期一）

到梵澄先生处取《周天集》校样。他说起对外国传教士要保持距离，——系指缪勒先生（今按：当日老沈组织我们几个编辑从他学德语，每周一次，是无偿的）。他说不想用他的赞助来出书（他译的《密宗真言》），因为这样做有失我们大国风度。对东西德统一问题他也表示担忧。"不过现在还关系不大，要二十年以后再看。"

临别，他突然说："你一点儿也不知道自己是怎样的。"什么意思？我没弄明白，就又重复问了一下："我不知道自己吗？""是的，你不知道你给别人的印象是怎样的。""不知道，大概是傻乎乎的吧。"他却说："可爱到这个地步，学问又做到这个地步，谁不喜欢呢？"

七月九日（星期一）

下午访梵澄先生。他送我一册《薄伽梵歌》，一册《安慧〈三十唯识〉疏释》。他说本月十九号将赴张家界旅游，趁便在长沙将祖坟被盗事料理清楚。我也告诉他将有敦煌之行。"那么我们要好久才能见面了！""哪儿会好久，顶多三四个星期。""一日不见如隔三秋啊。比如这一次，至少隔了两个星期，就是四十五年啦。"

九月三日（星期一）

陆灏来。带他往访梵澄先生，不遇。邻人言：一周前入院检查身体了。

十月二十三日（星期二）

访梵澄先生。

先生自湘西归来后，即入院，滞五十五日，上周方回寓所。今日看来，气色仍不错，精神也健旺。

得其两帧照片，一摄于印度，一摄于此间。

说起吴伟业与钱谦益，他说，我很同情梅村，也能理解他，只将他作一大诗人看便了，倒不必去论仕清之类。

提到下周是他的寿诞之日，则曰：向不过生日，不过是离死更近罢了，有什么值得庆贺。有多少人打听，至今秘而不宣，连最好的朋友也没有告诉。说到这里，想起什么，乃道："你比最好的朋友还要好了？"

十月二十四日（星期三）

昨日徐先生言道，《鲁迅研究月刊》载文《鲁迅重订〈徐霞客游记〉题跋》提到"独鹤与飞"句系化用老苏《后赤壁赋》，不对，此句乃出自韩昌黎文集，是言及柳宗元的一篇。顺便又说道，王荆公句"已无船舫独闻笛，远有楼台只见灯"，有易"已"为"近"者，文意不错，对仗更工，却韵味全无。再如"人事岂能无聚散，亦逢佳节且吹花"，有将"吹"作"看"者，失与前同。

十月二十九日（星期一）

访梵澄先生。

先生素服王湘绮，今由《王闿运手批唐诗》又道及湘绮楼的许多轶事。他说，这部手批不是王的字迹，当由其学生所钞。王的手批本，他早年是读过的，且记得很熟，今日此本中不少调侃语被节去。

十二月三日（星期一）

访梵澄先生。

问及前番信中提及的"爱娃"为何许人，答曰：对门的一个小姑娘。并说，我是看着她长大的。小时常抱来放在桌子上，有时放在膝上，常常尿湿了我的衣裳。现在已经七岁，上学了。她爸爸妈妈都上班，小姑娘下午三点钟放学，家里没人，就到我这里来玩，可有意思了。记得小时候，大概一岁左右吧，还不会说话，穿了姐姐穿破的一双鞋来找我，指着鞋前面的一个洞，"嗯、嗯"地向我告状。没有办法，我亲自跑到百货商店去给她买了一双。

问起请他给陆灏写字的事是否应允，他先笑了起来，拿起桌上的一张纸让我念：

易久

裘龄

石以钺

陆灏

尚武

石恬中

靳道峨

孟嘉理

易桐

王导

董丹

石光动

田新

贺愚

我念了一遍，不解其意。于是要我再念，仍不明白。还要我念，这次方读出一句：一九九○。于是接了下去：六号上午十点钟请到我们家里，一同往到东单吃广东点心和鱼。

老先生也够诙谐！

他笑道："是看了信中的'陆灏'二字突然想起来的。"又告诉我，写字当然可以，可我现在没有笔，又没有墨，怎么办？于是赶快答应帮他去买。

说起最近又有三位老先生仙去：冯友兰、俞平伯、唐圭璋，道：若作盖棺论定的话，俞要高于冯。但又补充道：对冯也是能够理解的。

冯早年与贺麟都在西洋哲学名著翻译会做事，那是国民党出资办的。贺晚年入党了。我问：您为什么不入党呢？答曰："贺不甘寂寞，而我，甘于寂寞。""三九年，从德国回来，到重庆，当时国民党办了一个干训团，我的一个好朋友蒋廷黻对我说：这个干训团一期只有两个月，你去参加一下，出来之后，我保证可以让你干个图书馆馆长。我说：即使只有一个月，出来后你能用金子为我打造一所房子，我也不想去。""蒋还是不错的，挺够朋友。后来我去印度，他也是帮了忙的。后来他去台湾，办起了'故宫博物院'。"

谈到蒋介石当年曾想见陈散原。陈时在庐山，乃对来人说："蒋介石是什么人？"先生说：陈散原怎么会看得起蒋介石呢。我说：他不是也看不起袁世凯吗？先生称是。

由此提到蒋当年还想结识的一个人，是马一浮。先生说，马一浮的学问好，字写得好，诗也好。当年与一女子订亲，但未及迎娶，便逝去了。于是马终生不娶。当日生活很困窘，老丈人时或遣人送些钱款周济，马皆婉谢，即使悄悄放在抽屉里，一旦发现，立即退回。马也是看不起蒋的，但蒋对他还算仗义，四几年逃难时，交通乱成一团，蒋特地派了一艘专轮将马一路送回。

又说当年到德国留学，家中有两种意见：二哥和父亲支持；大哥和母亲反对。最后当然还是去了。只是后来举家逃难到上海，大哥说什么也不同意再寄钱（当时家中的经济是由他掌握的）。而在德国本来有可能争取到一笔奖学金，但驻德公使注意到他与鲁迅通信往来密切，又在德国参加过几次什么会议（是左派学生主办的），于是被目为左派学生，终是未予通过。

十二月二十日（星期四）

往梵澄先生处。

记起金克木先生几年前说过的话，因问先生当年返国之时，是否也有去台湾的打算。答曰没有。因对国民党未存什么好印象。"至今还欠我半年薪水没发呢。"——那是到了印度之后。相比之下，觉得共产党要比国民党好，大陆也远比台湾稳定。

目前正在写王阳明学述。原是应《哲学研究》之约写一篇文章的，但摊子铺开来，就越作越长了。他说，湘人历来尊宋学，甚至毛亦不例外。见桌上有一部二十五史合编，诧其能读如此细字，先生道，只因加意保护，所以至今视力很好（平生绝少看电影，电视根本不看）。

一九九一年

二月七日（星期四）

上午往访徐先生。

坚持预付《读书》一年之款，决不接受赠刊。曰国内这种现象很不好，国外就决无这种做法。

说起赵之谦，说到有一次几位文士聚在一起品评正德年间的鼻烟（鼻烟以陈为优，此为出土旧物，自是陈之又陈），赵品为："中无所有，唯以老见尊者也。"亦是一谑，律以某人，更恰。

又道：目今乃是一个混沌局面，既非中，亦非西，旧已失，新又不立，正不知何谓也。

四月十三日（星期六）

往编辑部。

访梵澄先生，他正忙着阅《苏鲁支语录》的校样。谈起此著的翻译经过，因说鲁迅先生办事极是爽快，而且非常负责，译稿是鲁迅推荐给郑振铎的，郑当时手中已有一部全部译好的稿子，却放过不用，接受了徐译，而那时，他才刚刚动笔，是译好一卷交出一卷，"这是鲁迅先生的面子吧"，先生说。当时他手边拮据，于是提出预支稿费，鲁迅因此在给郑的信中婉转提及（大概是写了一句"他可是有条件呀"）。后郑还对徐说："你原本可直接对我说啊！"

归途中，突生灵感，回家写就一篇访问记，寄陆灏。

六月七日（星期五）

夜雨。

访梵澄先生。几天前为他做饭的工友回家去收麦子，要三个星期后才回来，这些天只好自己举火，常吃的是面条，有时也买一只肉鸡来清炖，放上枸杞、党参、红枣、栗子、黄芩等中药。他说，过去凡离家，哥哥总要买一只乌骨鸡来如此清炖，以为饯行。后来想到，大概"乌"即取"青"之意，谐"亲"，是亲骨肉之谓吧，而那时要买乌骨的，便总能买到，会挑的，一眼就能看出来。

月前先生曾有信来，云家中备有蛋糕，虽不甚佳，但尚可食。因匆匆登程，未及前往，当日已悟到此蛋糕非彼蛋糕，或另有所指。归来，志仁问起：社科院宗教所可有什么人邀请你去吃蛋糕？言下颇有疑色，今日先生乃道：前番蛋糕云云，是否会得其意？是我的几篇旧作，又不便明说，现请你拿去看看，能否用。遂携归两小捆（一篇一捆，是如贝叶般的小长纸条）。先生说，就像女儿回娘家，总要卷走点东西。

归途落雨，幸不大。

七月廿日（星期六）

访梵澄先生（将誊抄后的稿子送交，请他再作删改）。

午间硬留饭，虽一再辞谢，只是不允，并道："今天你若不留下吃饭，以后就再也不要来了。"只好从命。

饭菜甚丰盛。前日对邻的詹大姐全家往西宁旅游，将冰箱中的存物都送到这里来了，有扒鸡，笋干炖肉，红烧腐竹，炒豇豆，还有一些煎花生米。主食为面条，煮得稀烂，未放油盐，放了三个酸极了的西红柿，面条盛入碗中，再洒以作料。炖肉极淡，腐竹有一股中药味，总之，饭菜皆不可口，而先生之情盛且挚，不断向我碗中夹肉，大约吃了有十余块。先生喝酒，我喝雪碧，一顿饭连做带吃不到一小时，饭菜皆剩余大半。

饭后又一再留我多坐一会儿，并希望常来，最好每周一次，来即共饭，他说，姚锡佩就比我大方得多。

一点十分辞出，往编辑部。

八月卅日（星期六）

往编辑部。

往梵澄先生家送稿，先生家里终于装上了电话。

九月廿三日（星期一）

访徐梵澄先生，取合同，取稿件，临别时，硬塞我两块月饼（八珍花粉）。

十月十六日（星期三）

午间往梵澄先生家，送去《周天集》样书，他说刚接到稿费一千五百元，已存入银行，待过节时，给我提成五百元，自然谢绝，先生道："再说，再说。"

说起与许广平的一些不愉快，他说，每次去见鲁迅，谈话时，许广平总是离开的，"我们谈的，她不懂。"关于抄稿子的事，他说："原以为鲁迅有几个'小喽啰'，没想到一个也没有，却是让许广平来抄，她便生气了。"又说道，"看了你们的第九期，有一页文字全部可删。"

（即吕叔湘文中的最后部分）

十一月二十六日（星期二）

往徐先生家送挂历。

讲起他的那一篇"星花旧影"，他说，还有不少话都删去了，当日稿成，曾拿给一位老朋友去看，那位指某某处说："这话怎么能这么说？"又指某某处道："这也是不可以的。"结果大事笔削，"那么现在把它写出来不好吗？ 可作一篇补遗。"先生只是摇头。说："海婴还在，我和他关系很好的，有些事讲出来会让他不高兴。"于是说起当日和鲁迅一起吃饭的情景，"一桌上，我，先生、师母、海婴，还有他的一个小表妹，——是师母妹妹的女儿，先生总是要喝一小杯绍酒的，我也喝一杯，而海婴总是闹个不停，一会儿要吃小妹的菜，一会儿又要这要那，弄得先生酒也喝不好。我就讲：'我小的时候，总是单独一个小桌子，一碗饭，两碟菜，规规矩矩地吃，与大人们那一桌毫无影响。'先生当然明白我的意思，于是慢慢说一句：'个把孩子啰！'也就过去，先生对这个独生宝贝是有点溺爱的。"

问起先生的家世，他说，祖父一辈做过官的，但不大，中过举人。伯父在镇上做事，借了皇库的银子，围湖造田（洞庭湖干涸的部分）。这片地很肥，产量非常高，粮食运到长沙去卖，三年就还清了债，以后就把钱用来买了不少长沙周围的地，家里就这样富起来了。他们这一辈的堂兄弟（先生最小）念书都念得非常好，但科举一废，一切都完了，有几位没有事情做，就躺在家里抽大烟，家道便中落了。他有一个哥哥到美国留学，后来去了台湾，八十多岁去世，这一辈中只剩下先生一人了。又问父母在世时，为什么没有订下婚姻？ 先生说，抗战，留学，始终没有安定，后母丧，依礼守制三年，不可言婚事，再后又父丧，仍是三年，一拖再拖，也就拖了下来。

临别，一定要给我五百块钱，说是两次为他编书的提成。坚拒，而不允，一再讲："这是我的一份心意，而且，我留着钱也没有用，我早想好了，死后全部遗产捐给宋庆龄基金会，也就完事大吉。我发现，近来生活费用越来越高，我希望能够用这点钱作为补助，或者你用儿子的名义存入银行，定期十年。"为此反复争执，看看实在无法说服他，也只得如此。或者可以用这笔钱托人在海外买几盒上好的烟丝，先生每叹国内的烟丝质量太差，说烟叶是好的，只是制作工艺不过关。也还可以买一盒漳州印泥及好刻刀之类的用品。

前些时曾陆陆续续抄过一些先生的诗，后辍。今日决定重新来过，好好做一遍。先取卷一三十叶。

午后飘起细雪。

又记起先生所说，当年祖母很是操劳，一年下来，光是为儿子们做鞋，就做了一箩筐。故祖母病重时，伯父一辈都非常着急，求医问药皆无效，后祖父决定请神，遂备了重礼往陶公（名陶淡）庙，儿子们依次剪下辫子的一截，供在香案上，意为减自己的寿以为母亲添寿。但祖母还是故去了（得年七十余）。然而据先生的姐姐讲，祖父一辈人，皆是六十多岁亡故。看来神的买卖也是只可减不可加的。

十二月六日（星期五）

往发行部，取《周天集》作者样书，然后送往徐先生处。带去刻刀及在东大桥食品商场所购茶叶、饼干等物。先生一见就笑了，说那

詠懷　集文選句

有序

餘迹離別故國既久有結習已空文字語言日益疏遠

一日晨起忽接到　魯迅先生惠寄素箋一束欣忭

情之懷良不可任適會列卡河水大發浸溢街巷所居地

低窪遂不能下樓俯視屋影搖光每行入戶殊屬不

可樂觀韋新与房東媾和麵包膩腸由彼供給加之

茶葉菸草火柴室缺亦飄二然如蓬萊中人遠取文

選句集為詠懷詩一篇豈曰成裘實同綴衲意不欲負

此佳紙而已并以張黑誌字體書之呂當紹興魯山之

厚意　一九三一年五月八日石油鐙下

朝霞開宿霧　_{淵明}

索居易永久　_{靈運}

荒草何茫茫　二　_{淵明}

登高望九州　_{嗣宗}

清風吹我衿　_{嗣宗}

良訊代兼金　_{士衡}

浮景忽西沈　_{孟陽}

謂若傍無人　_{太沖}

梵澄先生墨迹二

笔钱不是让你这样花的，那意思是请你存进银行，自己慢慢使用，即使是为我买东西，也不必这样急呀。我发现你真是一个急性子，就像你喝咖啡一样，每次总要咕咚咕咚一气灌下去。

"你的那个陆灏呀（应该说你介绍来的陆灏），没有前途！"突然说了这么一句，听后不免惊讶。原来是他最近收到寄来的《文汇读书周报》，颇有不以为然之处，如所刊魏广州一文（《〈书林清话〉的得与失》），连《书林清话》作者的名字都没有提。认为周报终究"海派"一类，是留不下痕迹的。"报纸可以不去管它，不必费什么心思就能拼出一版，但希望这位陆灏学有专门，无论如何一定要用心专一门，不然的话，没有什么发展。"

送我一册《周天集》，在写下"丽雅大妹惠正"几个字的时候，说道："我晚年得遇这样一位大妹 ——"

又说："有一件重要的事情要做，就是凡经你手发的稿子（指先生的稿子），都请你把它剪贴起来，装订在一起。"当下就把刊在《读书》上的"蓬屋说诗"都剪了下来。

往琉璃厂为徐先生购得漳州印泥及信笺。

一九九二年

一月十七日（星期五）

大风一日。

午后访梵澄先生。

他说，第十二期《读书》很好看，我却不记得有些什么精采之文。先生道，从头至尾，都说得过去，第一篇李慎之的，就很好。"您不是不喜欢□□□吗。"（李文是写□的）"对，我是不喜欢□□□，阿世，一贯的，在重庆时，就为蒋介石政府捧场，后来又为'四人帮'。""可他写了一本《□□□□□》，很诚恳地检讨。""那更不必，要就不做，做了，又何必去检讨？总是不甘寂寞罢了。"

说起昨天恰好去看望贺麟。"他看去气色很好，也有精神，但只是在床上躺着。"先生写了一本谈王阳明哲学的书，他认为只能请贺先生为他看一看，提意见，但显然已不能，不免慨叹。"当初与鲁迅先生一起探讨学问，后来再没有这样的人了。""那么，可说是举世无知音了？"先生点头叹息而已。

煮了两杯咖啡，虽然滚烫，我的一杯还是很快喝完，先生一再说道："慢慢喝，慢慢喝。"又道："有一种说法，是说哪个人能够把很烫的水一口喝下去，就一定会命苦的。""那我就命苦。""所以，要改变呀，做什么事都要从容不迫。"

谈起王羲之的字，说："那真是书圣，他的《十七帖》，就第一个字'十'，我临了一个月，也不能临得像，真是不可及。王献之就差得远，草书写得圆转很容易，所以看草书就要看它的点画，看打不动的地方。楷书则不然，楷书写得规矩，就容易板滞，就要看它打得动的地方。""我的字呢？""你的字比王羲之还好！"先生马上接口说道，然后大笑，遂又认真地说："你的字可追你的本家赵松雪。""赵松雪可不好，他的字，人讥为媚。""他的媚却是从北魏而来。""北魏是拙啊。""对呀，但他去其棱角，不就是他的媚了吗？"

问及先生的先生尚有健在者否，答曰一个也无，犹记家乡一位私塾先生，文章做得很好，曾作文嘲骂何键，后何省长封了六百元送来，于是缄口。"文人这样好买呀！"先生笑起来，又说："那时他打分，总是给我打110分，115分，也很可怪。"

四点钟辞出，往编辑部。

二月一日（星期六）

访梵澄先生。

委我代买几册书，但事先写下的一张纸条找不见了，一边翻一边怨自己书籍信件的散乱，我说："先生该请个秘书才是！""这事却不好办！""有什么不好办呢？""做秘书不得某人，而某人正在做编辑，——正在三联书店做编辑，这事当然不好办了。"

交下一百元：买书，订《读书》杂志，并一再申明：他从来没有接受过赠阅的杂志，先前在国外就没有，现在也决不打算做。"中国的这种习惯太坏了！实在太不应该。"于是讲起德国的一位德索瓦。"他一个人办了一份艺术杂志，一办就是三十年，最后自己也成了一位美学家，大师级的美学家，并且到大学授课，我听他的课，是听不厌的，一节课四十五分钟，他每次讲两节，九十分钟，中间有十分钟的休息，于是他对同学们说：我要提前五分钟下课，那么课间就改作五分钟，每次他都是非常准时的。"

已为《读书》写就四则《蓬屋说诗》，第五则刚刚开始，——写下了第一行。先生告诉我："在国外有看不到中国资料的苦恼；在国内，又有看不到外国资料的苦恼。""现在写这些东西，全是凭记忆，虽然明明脑子里记得很清楚，但到下笔时，还要找来原著核对才行啊。"

说起易实甫，先生说他的诗是能够独树一格的，我道："钱基博的《现代文学史》对他评价很高。""钱立意高，所以写出来可以不得罪人。他是很会给人戴高帽子的，王湘绮就不同，他就敢说：陈石遗没读过唐以前诗。"

"前不久看了钱锺书的《宋诗选注》。""怎么样呢？""太少，选得太少。""那是受时代所限，那时只能选'反映劳动人民疾苦的诗'。那么，注得还是很不错吧？""当然，他是一个大内行。"

拿出两张临《礼器碑》的书法，是为一对姚氏姐妹写的。"这是应付俗人的，她们要大，你看，这两货船比沙发还大了。"我随即接口道："那么当年给我写的呢？""那当然是给雅人的。"

每次道别，都要说："我认识了这样一位大妹……"今天又特别加了一句："读了这么多书，知道这么多事。""我认识先生太晚了，不然会有些长进的。""现在已经很有长进了。"

往编辑部，将先生的订阅费（26.40元）交贾宝兰，并开了收条。

二月三日（星期一）除夕

往灯市口中国书店，为徐先生购得《剑南诗稿》。

二月十九日（星期三）

往梵澄先生家，送去《剑南诗稿》、稿费、海南咖啡，又将前次取到的《蓬屋说诗》交他再作修改。

谈了不少清末民初的掌故，从先生的乡贤说起，王闿运、王先谦，先生说，他都不佩服，还有叶德辉，都是劣绅一流，学问也算不得怎样好，皮锡瑞是好的，郑沅也有可说，郑被哈同招往上海，在他办的一所大学终老，又讲起王湘绮的一桩佚事，——此前曾听先生讲过，却是记不太清，所以很有兴致再听一遍：湖南某县一个和尚犯了事，被枷号示众，于是托了人送礼，请王说情。这情却不大好说，——不是有些失身分吗？ 王便坐了轿去衙门访县太爷，县太爷自然是恭敬如仪，然后恭恭敬敬送客，走至被枷的和尚跟前，王说："这个和尚，枷得好！ 枷得好！ 前些日子和他下棋，一个子儿也不肯让！"有了这话，县太爷还能不买帐？ 和尚得释。

二月廿九日（星期六）

访梵澄先生，送去稿费和烟丝。看到《文汇报》上陆灏所写《徐梵澄》一文，先生说，是楼上邻居送来的。问观感如何，答曰："文字是好的。""是用我的文字来写我。"文章配有天呈所绘漫画头像，我说："很像，对不对？""当然像。""画儿比文章好"，先生又笑道。

先生早是宠辱不惊，他说，有人赞扬我，我也并不感激；写文章骂我，我也不生气，这一切，皆于我无损。又举庄子"材与不材之间"的一段话说，若革命者，如康梁之辈，抱定革命的宗旨，自然是要求名的，否则没有号召力，若没有什么特别的目的，则全不必刻意求名，只求"材与不材之间"可耳。

先生的学名为琥，谱名为诗荃，号季子（最小的一个孩子）。他说，我不喜欢这个琥字，家谱向上溯，可说是中山王之后，但中山王又分为两支，在南京的一支，不附建文者，大多被杀。江西还有一支，先生一族，是江西支脉。张献忠时，屠戮甚酷，蜀中几乎赤地千里，于是两湖人前往填补空缺，江西人又来两湖填补空缺，先生一族便是此时迁湘。家道中产（土改时定为富农），先生这一辈，只有几个举人，土改后，他的大哥靠变卖家产及鬻字过活（房产也已作价充公），先生一九四五年去印度，就再也没有和家中联系（一九三八年长沙大火，先生家正遭此劫，顿成焦土。后由他的哥哥重建）。

说起日前到公园散步，买了一块钱的爆米花，很是有趣，—— 送与两位邻人各一大碗，自己又吃了不少，结果还剩下一大碗。他说，以前也是吃过的，那是小时候在雅礼中学（一所美国人办的教会学校）读书的时候，圣诞前一夕，教长（一位华侨）把学生们请到家中，就做爆米花吃。

硬要给我烟丝钱，我说那是在五百元之内的，先生说，你怎么不明白我的意思呢，—— 你我都是"穷措大"，送你这一笔钱，是希望能够有些周旋，能过得舒服。

这番心意怎么会不明白？ 但只能心领而绝不能受呵。

三月十六日（星期一）

午后访梵澄先生，送去为他抄的诗稿，及代买的书。

请他无论如何要为汪子嵩等著《希腊哲学史》写一书评，先生说，目前正忙于《〈薄伽梵歌〉论》的校订，无暇及此。但这部书稿还没有找到出版单位，何必这样着急，又为什么不能放一放呢？ 先生将《诗·大雅·皇矣》中的一句话写在纸上，"不大声以色，不长夏以革"，然后说道，夏与暇通假，革与亟通假，那么你就明白了，我做的事，就是"不长暇以亟"，做事情总要从从容容，而且，你不能强迫我写文章啊。

四月二日（星期四）

继往梵澄先生处，按照事先约定，周国平三点钟到了，徐先生还记得，我第一次来，是周"带"来的，并且，同行者尚有杨丽华。

忆起旧事，先生说，很奇怪，在鲁迅先生逝世前不久，他突然对鲁迅先生说道："我想见见郁达夫先生，不想说话，只是想见见。"鲁迅先生闻言，低头沉吟不语，许久许久，才抬起头，显出默许的神色。但还没有几天，鲁迅先生就去世了。先生往万国殡仪馆吊唁，见到一位身着长袍的人，一眼望去，便断定，这一定是郁达夫，但怎样证实呢？很快，就在林语堂主编的《论语》还是《人间世》上看到了郁达夫的照片，果然就是那天见到的人。

先生说，印度人对中国人的压迫是无所不至的，我便问道："那为什么还在那里留了这么多年啊？""是'母亲'（按：即《周天集》的作者）不让我走，六〇年，我第一次提出要回来，就被极力挽留；过了几年，我再次提出，这一下惹得她大发脾气，所以一直待到了她逝世。"

四月十四日（星期二）

午后访徐先生，送去陆灏带给他的烟丝。先生说我在接人待物方面要好好改一改。说我阅世未深，不懂世故，还是一片天真烂漫。

五月七日（星期四）

访梵澄先生，送去稿费与烟丝。他说，自从《文汇读书周报》和《文汇报》发了那两篇文章之后，他添了不少麻烦，有人几次三番投书求见，也只好见，"我一直在北京，没有人写文章的时候，你不来见；现在文章出来了，你又觉得怎样了不起，赶快来见！"先生颇以为不然地摇着头，仍是那一种名利于我如浮云的态度。我突然想到顾贞观《金缕曲》中的一句。就念了出来："把空名料理传身后。"先生立刻接口道："这是顾贞观的《金缕曲》。"然后一口气把前一首"季子平安否"一句不差地背了下来。

又劝我一定要改一改性子急的毛病，"这样是要终于贫困的！凡事一定要从容做来，一定急不得"。

六月四日（星期四）

访梵澄先生，送去诗稿与烟丝。辞别之际，先生送到门外，说："你要常来才好，最近我常感觉很空虚。"看先生一天到晚总有做不完的事情，似乎生活得很充实，怎么会有这样的感觉？

夜来了阵风风雨雨，温度一下子由三十四度降到二十三度，预报说，可得两日凉爽。

七月六日（星期一）

访梵澄先生，送去稿费和代购的咖啡。他说这一期（第八期）发的文章，经我们的删削，竟是去了芜杂，更显得干净了（其实是因为版面涨出六行字，不得已才删的）。又说，他的文章是有文气的，一种沉静之气。我连忙问："那么我的呢？""你还没有达到这一步，但已是不浮的了，现在好多文章都很浮。"又问觉得周作人的文字怎么样？却连连摇首："周作人，不谈，不谈，我从来不谈周作人。"

七月十八日（星期六）

往中华书局，从卢仁龙处取了徐先生的《老子臆解》校改本。

八月廿六日（星期三）

访梵澄先生。七月十五日 —— 八月二日由人事部组织往烟台游览，便讲起此行经历种种，一行人年龄最高的是九十三岁的盛成，先生倒还算岁数小的，游刘公岛，一人独自登到顶上，下来后几乎失群，原来大家都只随意走走就离开了，走后清点人数，才发现少了一位徐先生。

说起近日在读鲁迅，不觉问先生道："鲁迅先生怎么这样好骂？"先生说："鲁迅先生待人太厚道了。""那为什么……""厚道是正，一遇到邪，未免就不能容，当然骂起来了。"又说："随便给你举一个很小的小例吧，一次我看到鲁迅先生家中，——那时候在上海没有什么朋友，所以到了这里，话就特别多，先生坐在桌子边，一个保姆抱了海婴在一边玩，我在屋子里走来走去地发议论，先生只是听，却突然很是严厉地哼了一下，我几乎吃了一惊，但仍然又说下去，一会儿保姆抱着海婴走了，我才低下声音问：'先生，刚才是怎么一回事呀？'原来海婴在一边不断地咳咳咳，是患了感冒，先生怕传染我啊。"

送我一册《苏鲁支语录》。

九月廿五日（星期五）

访梵澄先生，送去《广雅堂诗集》。委我办理《老子臆解》再版事宜，将前番写了一面诗的扇面又补了一面画，是重荷，并题曰"重荷者，重荷也"，问道："知道这是什么意思吗？"答曰："该是不胜其负吧！"先生大笑起来，又说："毛笔不好，本来花是应该用细笔勾出的，如果不满意，就等'再版'吧。"

梵澄先生所赠书画扇

九月廿六日（星期六）

往中华书局，为梵澄先生送去再版合同。

十一月四日（星期三）

午后访梵澄先生，提到贺麟先生谢世，请他写一篇纪念文章，他沉吟半晌，然后摇摇头，又加了一句："我有对他不起的地方。"问什么事，又不说，只说是在归国后的抗战期间。又道："要我心里流出来、欲罢不能的时候，写下的才是好文字，若是外来的压力，就一定写不好。""我是写了一副挽联的。"于是检出一个小纸条给我看，是："立言已是功勋，著作等身，寿登九秩引年，桃李心传阅三世；真际本无生死，风云守道，祚植五星开国，辉光灵气合千秋。"

"贺麟是有风云之气的。""那么先生也是有的了？""我可没有，我只有浩然之气。""那鲁迅先生有。""对，那是大大的风云之气。"随便聊了一会，不知怎么又聊到王湘绮，说起他的那一回"齐河夜雪"，我说："王湘绮是有风云之气的。""对，但'齐河夜雪'一事，可见他'风云守道'。"这一下又转到贺麟，"贺麟晚年入党了，我还开玩笑地写了一封信"，接着就背诵那封信的内容，但先生的乡音却不能字字句句听得明白，大略为："甫闻入党，惊喜非常，当以吃香酥鸡、喝味美思酒为贺……"他说，我们聚在一起，常以吃香酥鸡、喝味美思酒为乐，"这自然是开玩笑了，这就是老朋友的好处。"

十二月廿八日（星期一）

访梵澄先生，说起陆灏，他说，总觉得太可惜了，——人这样聪明，却没有好好攻一门专业，"人总该给这个世界留下一点可以留下的东西。""那么先生认为自己可以传世的，是什么呢？""《五十奥义书》、《薄伽梵歌》，可以算是吧，此外《老子臆解》，有二十三处，发前人所未发，也算有些新东西。"

一九九三年

三月十五日（星期一）

往编辑部。

午后访梵澄先生，送去《周天集》原稿、三袋海南咖啡。

他说，两位老朋友先后谢世，心里真不好过，为冯至先生送上的挽联是：硕德耆龄三千士化成文学声名扬异国，素心同步六十年交谊箴规切琢叹无人。

拿出《母亲的话》手稿，托我找人去抄，我一边接过，一边说："子曰：'有事，弟子服其劳'……"先生立即接过去说："好嘛，'有酒食，先生馔'，你快拿酒食来！教你办这么一点事，也要发牢骚吗！"两人都大笑起来。

先生说起自己的生活规律是四十八小时为一周期，今天八点多钟就疲倦得不行，必要早早入睡，而明日一直伏案至午夜，亦毫无倦意，第三天又回到八点就寝。但从不失眠。"照此说来，您的寿命也要是常人的一倍了！"

三月三十日（星期二）

访徐先生。

陆灏与钱文忠准备组织一套学者丛书，因欲将先生的《陆王哲学重温》纳入出版计划，但先生说，若拿出去的话，尚须再细细勘行一过，大约费时一个月。

与先生谈话，总是很愉快的，且每有所获。他常常喜欢考问，尽管答不出的情况不在少数，却也并不觉得尴尬，因为先生对我总是充满鼓励的，决无轻视之意。这一回，却不是考问，而是问"宁饮建业水，不食武昌鱼；宁还建业死，不止武昌居"的出处。印象中，似乎出自《世说》，再不然就是《晋书》，总之，是六朝人事。先生也觉得是，但不能确定，说大概是陶侃传中事，因嘱我一查。

归家，查《晋书·陶侃传》，只有武昌官柳，又觉得是近日翻过的什么书，看了一眼的，最后终于找到，是出自《三国志·陆凯传》中陆的奏疏。

五月五日（星期三）

访梵澄先生。

《陆王哲学重温》仍在勘定中，计浃日可竟。

说起章士钊，先生说，他与章有世谊呢，—— 他的伯父与章交情很深，先生的堂兄法政大学毕业后，挂牌做律师，后因连举丧事，家贫无以为计，遂投书章士钊，章即为之疏通，做了省里的推事官，先生在重庆时，他的好朋友（蒋复璁？）几番拉他去拜见章。但先生想到三一八惨案，想到鲁迅先生的痛骂，坚持不往。

忘记怎样就说到建文帝，哦，是提起陆灏寄赠刮脸刀，先生说，已经汇了款去，—— 此物是不可赠人的，昔朱元璋将剃刀、度牒包做一包，赐刘伯温，谓日后危急时打开，可脱难，后遇建文之难，便启封，剃度做了和尚。又说曾在云南见到一副对联，即咏此一段史事的：

祖以僧而帝，孙以帝而僧，大业早开皇觉寺；

君不死竟归，臣不归竟死，梵钟难听景阳楼。

建文之臣有做了和尚跑到云南的，帝也做了和尚，晚年潜归帝都，无人能识，帝谓一老太监："你爱吃鹅肉，当年我故意扔到地上一块，要你拾起来吃了。""哦哦哦！是是是！"

我说："这一定是野史了。"

五月廿六日（星期三）

访梵澄先生，他说，附近开了几家很不错的饭馆，价亦不贵，一再留我共进午餐。想想事先未同小航讲好，还是改作下次吧，于是预定为本月之末。先生说，昨天方为友人作得一幅好画，觉得很畅快；《陆王哲学重温》也已寄去，是了却一桩心事，所以这几日不打算弄学问，要好好轻松一下，已经答允为对邻廖秋忠的女孩子刻一方印章，今即拟动手。

欲借《重温》原稿一读，先生说，你只能一卷一卷地拿去，稿子已分作四五卷儿，卷起放在书架下边，先生一边取一边说："这是妹妹要看，没有办法，别人可不给看我的原稿！"

五月卅一日（星期一）

按照二十六号的约定，前往梵澄先生处，往新世纪餐厅共进午餐。先生戴一顶礼帽式的旧草帽（告诉我此七毛钱一顶），穿一件黄白色的绸衫，着一条灰色长裤，足蹬一双黑皮鞋，手提一根"文明棍"，望过去，真像是上一个世纪的人。先生说，当年在上海的时候，曾同一位外国朋友一起吃饭；事后这位朋友对人说："他是一个贵族啊。"——"外国朋友"，即史沫特莱。

前番先生说，这是很不错的饭馆，两个人二十余元就可以了，我曾表示怀疑，以为这是不可能的。今日不过四个菜（宫爆鸡丁、古老肉、烧海参、麻婆豆腐），一瓶啤酒，就费去六十余元。走出门来，先生望望我，说道："好像没有吃到什么东西嘛！"

前行不远，即团结湖公园，遂入园漫行一周，并时在湖边柳下小坐。先生说，他每日午后要到这里来走一圈，用四十分钟的时间。待要出园，又想到距园门不远尚有一方玫瑰圃，于是一起去看，却是已经全部凋谢，连残花也看不见几朵了，此时园中盛开的，只有月季和石榴。

先生说，他一生也没有匡世救国的心，不过求学问，求真理，一日不懈此志罢了。又引了鲁迅的那句名言：世上本没有路，走的人多了，便成了路。他说，他走的是自己的路。我欲问："先生有信仰么？"却又顿住，我想，前言求学问，求真理，不即"信仰"？——"信仰"，便在这永远的不懈的追求中，先生既不负匡世救国之志，又一生淡于名利，那么，全部的动力，只在于此了。

"先生记日记吗？""记的。""从什么时候开始？""去国之日，——登上去往印度的飞机之时。""将来准备发表吗？""不不不，也许不久以后就要把它付之一炬了。"先生说，日记全部用草书，文字极简，只有他自己才能看得懂，而且，多是不记大事记小事，至于某日欠工友几个钱，也记下来，下次见面，可以记得归还。

那位屡屡提起为他删去《星花旧影》中违碍之辞的朋友，原来就是冯至先生，他说，删去的是精华，留存的，其实都是扯淡的文字，"八月二十五号，我们在一起长谈，谈尼采，谈德国哲学，非常精彩，竟可说是数十年来最精彩的一次，也许是回光返照吧，这也就成了最后一次。"

前番贺麟先生逝世，先生曾提及，他一生有一件事，对贺不起，问，又不说，今日却讲了出来。原来是在重庆的时候，蒋介石曾欲笼络一批留德派，于是蒋复璁来找到先生，欲将他引荐给陈布雷，先生坚决推辞，说你可以去找贺麟，彼时贺刚刚出版了那本介绍德国三位哲学家的小册子，陈大为欣赏，于是蒋介石大笔一挥，批了一大笔资金，成立了一个学术委员会，由贺负责……先生打着手势说："是我一手把他推上去的呀！"

先生的写字台上，放着一本《随笔》，原来是楼下的董乐山先生送来的，上面有他的一篇"说皇帝"，"董公这样不大好，不好随便发文章的，《随笔》品格比较低，比起《读书》，低了不止一品。""前些年季羡林曾经指着金克木的一篇文章对我说：'所谈何益！'可是前不久看到他自家做起文字来，仍是浮躁，甚无谓。"我说："总是入世之人。"先生笑道："你可以算作出世的。"

问起先生有没有出国的打算，答曰没有，"面子，架子，这两样不能不要，如果我去德国，还能够要人家提供钱吗？是应该我拿出钱来设立奖学金的，既不能，也就不去。"

先生说，他不信轮回，却信因果，因果，即缘也。与鲁迅，也是有缘，两人所读的书，多有相同者。先生叹服鲁迅的国学根柢，道他"学问深呵"。说他们虽一浙江，一湖南，地隔千里，但识见每每相合。又说与我亦可称有缘，所读之书，亦有多同。

从公园出来，到先生处取书包，又留我喝了一盏茶，辞别已是午后三点钟，这是自与先生相识以来，晤谈最久的一天。

六月卅日（星期三）

昨接梵澄先生电话，约我今天去吃鸡，答曰：去是一定要去的，但鸡不吃了。午后乃如约前往。

说起陈寅恪的诗，我说，总觉得一派悲慨愤懑之气，发为满纸牢骚。先生说，精神之形成，吸纳于外，以寅恪之祖、之父的生平遭际，以寅恪所生活的时代，不免悲苦愤慨集于一身而痛恨政治，世代虽变，但人性难变，所痛所恨之世态人情依然。寅恪不满于国民党，亦不满于共产党，也在情理之中。其诗作却大逊于乃父，缘其入手低，——未取法于魏晋，却入手于唐，又有观京剧等作，亦觉格低，幸而其学术能立，否则，仅凭诗，未足以立也。先生说，他与寅恪原是相熟的，并特别得其称赏。后来先生听说他作了《柳如是传》，很摇头，以后也没有再来往。

八月廿六日（星期四）

梵澄先生入院检查近一月，今晨打电话来，"报告"出院，于是登门拜候。

检查结果，大体正常，只是前时患脚痛，原来是受腰椎神经压迫，经吃药、理疗，已愈。

九月十六日（星期四）

今岁夏不热，秋热，立秋过了，处暑过了，白露过了，展眼已是八月朔，将及秋分，仍是暑热不退。庭院中的合欢，年年粉盈盈、袅袅婷婷开一长夏，今年却止绿叶婆娑，花香早殒，窗外的柿树，也觉果实寥寥。

访梵澄先生，送去《周天集》《续集》打印稿（由郝德华联络新华厂，价一百五十元照排完成）。先生新近购置一张硬木大写字台（九百元），安放在卧室对面的正中央，原来靠墙的一张床处理掉了。台子上铺一方画毡，可以比较舒心地写字作画了。说到午间要为家母做生日，先生立即拿出一盒花旗参，说是"送给你的母亲"。又说有人带给他一盒云南月饼，拣出一块，硬塞给我尝新。

想写一篇纪念冯至的文章，因此又讲述了一段往事，——四十年代在重庆，《苏鲁支语录》方出版，有一位名人在报纸上写文章，道某某处译错了，于是冯至站出来同他理论，笔墨官司打了半年。时先生适在乡下，对此一无所知，待回到重庆，此已成陈案（以冯的胜利而结束）。先生感慨言道："此即朋友之为朋友也。"便想到郭沫若在《李白与杜甫》中抨击冯至的《杜甫传》，遂欲拿来做个题目。

十月八日（星期五）

访梵澄先生，送去代购的《法言义疏》及代借的《李白与杜甫》。

为我倒了一杯"倒转咖啡"，他说这是德语的叫法，——平常都是多量的咖啡，少量的牛奶；而这是多量的牛奶，少量的咖啡。

商量编选一本《母亲的话》。"母亲"是室利阿罗频多的助手，后者办了修道院，后由"母亲"接过。"母亲"是贵族出身，名叫米拉（其实也还不是真名实姓）。先生说："她利害得很啊！"——我在地板上睡觉，左肩着了风湿，胳膊抬不起来，到医院问诊，也没有效果，过不久，牙也疼起来。有一天早上，在院子里与"母亲"相遇，合掌打过招呼之后，各自走路，忽然"母亲"猛地一回头，瞪了我一眼，一道目光射过来，回去之后，牙也不痛了，臂也不痛了，竟这样奇迹般地好了。"这目光是一种力，一种巨大的精神之力。"

临别，又塞给我一盒月饼，一个橘子。

十月廿一日（星期四）

陆灏来，同访梵澄先生。被先生硬留饭，—— 在团结湖左近的天天渔港共进午餐。四菜一汤：生菜鱼汤、菠萝鸡片、宫保鸡丁、银芽三丝、咸鱼肉饼（共费110元）。饭罢辞别，陆则留下与先生继续盘桓。

十一月廿九日（星期一）

往编辑部。

继访梵澄先生。

说起名利，先生说，我要是求名，早就入党了，刚回国的时候，贺麟就劝我，写个申请书入党吧，像你这样的，哪里找去呢。可我不。贺麟是风云守道，有风云之气，但仍守道；我是守道而已。

问他当年为什么要去印度。

"想好好学学梵文，精研佛教。"

"又为什么要研究佛教呢？"

"我要是不学佛，早被女人吃掉了。"

于是说起方自德国留学归来之际，颇多追求者，且攻势都特别厉害，先生一来对这种攻势受不了，二来更想好好做学问，所以避之唯恐不及。

"那么就一生不动情么？"

"这要问我自己了，在印度的时候，曾见到一个法国姑娘，秾纤得中，修短合度，觉得很可爱，如果说动情，这就是动情了吧，有一天走在院子里，仿佛觉得'母亲'回过头来对我说：'你的一点心事就这样排遣不掉吗？'心中悚然一惊，从此就一下子排遣掉了，再也没有什么想法。以后才知道了这个女孩子的名字，她和我的一位德国朋友同居了，回国前不久，我曾经到'母亲'花钱建的一个新城去走了一走，经过她住的一个竹楼，她远远看见我，立刻把我让进屋，又吃了午饭，还在竹楼里午休。看见她在铁笼子养了好多猩猩，一只猩猩病了，还给它打针吃药，便很不喜欢，这是玩物丧志。""'母亲'的精神力量是巨大的，我能够把室利阿罗频多那样精深的《人生论》翻出来，没有精神力量支撑是不行的。""我觉得这样很好，我对走过的人生道路一点儿也不后悔。"

写了《诗经》中的一句递给先生：不忮不求，何用不臧。先生说："是的啰，是这样的。"

十二月三日（星期五）

又记起梵澄先生那日说起的与鲁迅先生的交往：鲁迅先生在内山书店，总是坐在一个火盆旁边，有一次我去，看见桌上摆着一碟很漂亮的日本糖，做得非常精致，一颗一颗，像水晶一样，就放在嘴里一颗，但不过是糖而已，——只是甜，再没有别的，便吐出来，丢进火盆，先生于是一声不响，拿起火钳，把糖夹出来，我很不好意思，连忙说："我的牙不好，不能吃甜的。"

十二月卅一日（星期五）

访梵澄先生，送去为他抄竟的诗稿及代购的书。

持了一册《楷柿楼读书记》，初心只是让先生看一眼就收回的，也并不说明是谁写的书，但他一翻开目录就说："这好多文章是看过的呀！"又道："多少钱一本？"看了定价就要一起加在今天的书帐上，忙说："这不是为您买的，这里面的文章您也不会去看。""我要看的，那么就是赠送，要签名啊！"说着就到写作间去拿笔，我连连摇手说："字是一定不能写的，绝对不能！"于是引了钟会怀了《四本论》送嵇康的故事，还没讲完，先生就笑起来："对，应该远远丢了进来。"也就没再勉强。

我说，看了这书，才觉得以前太芜杂了，以后想专心文史。说起"文"，先生说："有个诀窍，——写白话要如同写文言，这样就精练得多；写文言要如同写白话，这样就平易得多。""我以为你还有个事情可以做，——把《老子臆解》作个笺注。"于是抽出《臆解》来，随便翻到哪一页，就指着其中的某句话问我，典出何处，有的答得出，有的答不出，有的觉得很熟，却一时记不起，先生说："可见是要作笺注的了！不必急，可以慢慢做起来。""你如果能不用别的书参考就都解出来，可真是算第一了。"惭愧！我离这个第一还远着呢，其实这本书我还是当真好好读过的。

一九九四年

一月廿七日（星期四）

往编辑部。

为梵澄先生送去《渔洋山人精华训纂录》及《海国四说》。到徐宅已将及九点，不意先生刚刚起床，他说近来是几十年中最忙的一段，为鲁迅先生的藏画目录累得寝食不安，昨晚一直到两点犹不能入睡，于是起来躺到沙发上看《读书》，至凌晨四点，方上床就寝。这几日又在忙《五十奥义书》重印本的校对，十天看了不到一半，而只有八天的时间就要交稿了。先生说，这一次又想到我当年提出的意见，即应将译者以为不雅的部分照译出来，而不必删去。"我重新读了一遍原著，认为还是删得对，实在是太不堪了，没有必要译出来。""这是哲学啊，应该让读者看到它的原貌。""这不是哲学，哲学是高尚的东西，把最低下的与最高尚的攀缘在一起，正是李义山说的'花下晒裈'，'在丈人丈母面前唱艳曲'。"那么密宗呢？"密宗就是这一点不好，利用最野蛮最原始的东西，去讲出一番道理。"

先生说，在这样紧张的时候，却又另有一件烦事，所里的一位七月份要到希腊参加一个国际佛学会议，拿来讲稿，长长的一篇，要先生帮助修改。"这个人的英文水平充其量只有高中一年级，又要搞巴利文、梵文，所以我做这件事真是不易，难就难在文章根本不通，做不了的学问就不要去做，还偏要做，又这样的屈尊……"先生一个劲儿摇头，大约"屈尊"是文雅的说法，恐怕言谈举止是很有些卑下了。"我这一生都没有做过这种屈尊的事。我们的国家也真有意思，能派这样的宝贝出国。"先生说，这些话本来懒得去讲，只是心中不快，看见我了，忍不住发泄一下。

二月廿三日（星期三）

访梵澄先生，此前先生特嘱我带了纸笔，到后乃将一至三卷诗抄错之处，一一改定，先生先告诉我几种校改的古式，我却一点儿不知道，先生便抚掌大笑，十分得意。他说，你抄得实在是好，我要给你一笔"润笔"，但你如果再用来给我买奶粉、烟叶乱七八糟的，我就不给。我说："如果给我的话，我一定还要去买烟叶的。"

谈到王荆公，先生说，司马光说他贤而愎，真是一点不错。苏东坡有一个上皇帝的万言书，他也就照样来一个，一点不少，此所谓拗也。他的诗的确作得好，有一首诗，还是和别人的，写得真好。"已无船舫犹闻笛，远有楼台只见灯"，试想想，这是怎样的情景？又有"山月入松金破碎，江风吹水雪崩腾"，这一个"水"字就有多么妙！他人只想到"海"字，想到"浪"字，而这一个"水"字，便是只有荆公想得出。

又从鲁迅，鲁迅博物馆，说到周作人，他本来说，对周作人我一个字也不说，但仍然说了，原来是极看不起，又道，那一枪实在是打错了（他说那一枪是爱国人士打的）。没有那一枪，周未必就出任伪职；打了这一枪，又没有打死，反而使他起了反感。

从早饭对门送来的四个汤圆，又忆起家乡风味，长沙柳德坊汤圆店，做得极好的汤圆，把糯米加了水，磨成浆，上面加盖两层布，布上加灶灰，灶灰便将水分吸干，然后裹馅，做起蚕茧大小的汤圆，一碗六个，六个铜板，汤圆浸在水里，水却是清的，可以称作神品了，再也没有哪里能够做得出。

春节无事，戏作打油，题为《寓楼八景》，当下看过，却不能记住，只记得先生最得意的一句："乾坤四鸟笼。"又有"台湾仍国学，日本即园工。"自然少不得有董先生一笔，总之，一句刻画一个寓楼中人物，结束之"关节美来鸿"，注道："关大姐佳节从美国来信问大家好。"讲到这里，先生大笑，说，此之为不通，而又不通得好。又说作诗有入魔道的，举了一个宋人的例，举了一个王思任的例。

又取第四卷诗稿来抄。

留饭，坚辞，—— 因编辑部已约了丁聪夫妇来吃饭。

三月廿八日（星期一）

往编辑部，阅来稿。

午后访梵澄先生，取得《蓬屋说诗》数则。

五月五日（星期四）

往编辑部。

访梵澄先生，他说《读书》比过去好看了，第四期前面的一组文章都很好，但是不要过多地怀旧，还是要立足于将来。还说，我最不喜欢《红楼梦》！ 它能够给人什么积极的东西呢？

对此，我极力表示反对。

先生说，读通王阳明，可以受用一生了。

五月九日（星期一）

访梵澄先生，他正在做几种版本、几种文字的《圣经》校对。

谈起诗，他说他信服陆游的一段话：诗要是让人不觉得可爱，便是好诗了。先生近日得一联，以为好：雨过柳更垂，烟霏岸逾远。虽出语平常，但体物深细。

先生说，第四期《读书》宋远的那一篇写得好，不过，仍未说透。

又说我的字尚可有进境，但须上追汉魏。

六月廿三日（星期四）

午间往梵澄先生处践约，——在团结湖的一家烤鸭店午饭。肉片炒柿子椒、红烧海参、香菇玉兰片，一大盘香酥鸡，并一份砂锅丸子。梵澄先生身着一袭月白色绸衫，长将及膝，戴一顶白礼帽，手提拐杖，惹得人人注目。

饭后又回到徐府小坐。

七月廿二日（星期五）

访董乐山先生，取《边缘人语》稿，他鼓励我把英语学下去，并且说，也不必"好好"学，只作半消遣、半学习，就可以了。

继访梵澄先生，他说这几日天热，多半时间都用来写字了，大概也还不废吟咏，——写字间的墙壁上就贴了一张新写的字，录近作一首。

近有乡人送他一盒君山银针，木制锦盒为外椟，内又两只小木盒，标价285元。先生说，在湘卖十块钱一杯。又说，像你这种饮茶法，是不能品这种茶的。

八月廿三日（星期二）

访梵澄先生，送去抄好的诗稿，然后帮他打格子。他说："以后我再给人写字，就请你来打格子。"赶快连连摇头，说："不干，不干，这活儿太枯燥了！"先生于是想起一个故事：在印度的时候，也是为人家写字作画，不是用纸，是用丝绢，裁丝绢的办法，是轻轻挑开一条线，然后沿着这条细细的缝，用快剪剪开，我请一位绣花女帮忙，她剪得非常好。这以后，和她也就没有什么来往。过了十几年，又和她相遇，正好也是要作画，于是再请她帮忙，但她挑开丝线以后，剪子剪下去，却是斜的，我眼看着一点点斜下去，一句话也没说，她还是那么认真，但是眼力不行了。"那这块绢不是就浪费了吗？""后来我又另外找地方，把它修补好了。"

先生近日常常作画，画了六幅荷塘水鸟，有夏景，有秋景，画好一幅，就在靠墙立着的大床板上推敲，欣赏。画了新的，再把旧的摘下来。

九月十五日（星期四）

往梵澄先生处取稿（《秋风怀故人 —— 悼冯至》），给郝德华的字也写好了。一共写了四张，检得一张；又一幅楷书赠我。

十月四日（星期二）

昨晚接徐先生电话，要我到他那里把《陆王学述》的校样取来，带到上海。下午坐了志仁开的车（小范在一旁"监护"）往徐府。

十一月廿三日（星期三）

往梵澄先生处，议定编集事。过董，请他签合同。

一九九五年

二月廿一日（星期二）

往梵澄先生家，行至六号楼前面的小路，正与先生相遇，他说要到银行取工资，于是同行。再一起回来，将陆灏买的《八代诗选》和《明诗综》交付。

先生说他正在读马一浮的《蠲戏斋诗》。蠲，去除；戏，佛经所谓戏语。马一浮曾与汤寿潜的女儿订婚，但她不幸早亡，马于是终身不娶。汤很看重这位"望门女婿"，知他生计并不宽裕，便时常送钱来，但马坚拒不受，即使悄悄放在桌子上或抽屉里，马发现后也立即追还。抗战后，马不得已跑来跑去，最后到重庆，办了一个复性书院。开学时，有二十来个学生，学期中，剩下一半，学期末，一个也不剩了。

先生说，马一浮的诗，写得好的，真好，追摹唐宋，是诗之正。但更有大量古怪的，大段大段生搬三玄（《老》《庄》《易》），佛经上的，也照样剥捉来，是生了"禅病"。并拿了一册，一一指点我看。

以近著《陆王学述》持赠。

三月廿八日（星期二）

给梵澄先生送去《陆王学述》的稿费（3642元）。先生说，以前我每一本书出版，照例所里要提成的，这本书得给三个人提成：赵、陆，还有杨晓敏，并当场要我拿走。我说哪里有这种规矩？坚辞不受。

五月五日（星期五）

两点半钟按照约定往梵澄先生处，但三点钟陆灏才到。先生拿出一个万寿无疆的杯子为我沏茶，然后说：清朝荷兰进贡，有一件又高大又精巧的玩意儿，自然是钟了，到点，就有四个小人抬出万寿无疆四个字，和珅看了，连说不行，理由是，西洋的东西那么精巧，中国人修不了，万一哪个零件坏了，抬出万寿无，疆字出不来，可怎么得了！于是就给退回去了。

到谢兴尧先生家取回书稿，然后同陆一起访董乐山先生，送上书趣文丛一套。继返徐府，先生请饭，在团结湖公园附近的京港餐厅，号称川鲁粤风味，又有涮羊肉、窝头、芸豆卷、豌豆黄，几乎无所不包。点了海参锅巴、辣子鸡丁、糖醋排骨、烧蹄筋、砂锅豆腐。席间先生一再对陆灏说：应该到国外去留学！陆说对美国没兴趣，倒是英国还有吸引力，"那么就到伦敦！一定去！这是此趟你到北京我的唯一劝告！"说着，一扬手，把酒杯都碰翻了。

刘文典，自号二云士（云烟、云腿），在哪里看到冯友兰的一副对子，说："写得好！不是读了一担书如何写得出来！"云南的土司聘他做教席，一应例有之聘礼外，还要有云土。土司说，有个内家侄儿跟着一起旁听行不行啊？刘连说：不行不行！授《庄子》。后土司对人说："我原以为刘先生和旁人一样也是有眼睛有鼻子的一个人，却是不然！"

"初回国的时候，贺麟对我说：多参加会，在会上多发言，然后写入党申请书，一切解决了。""结果呢？""结果我就是按照我的方式生活，挺好。"

"我问起冯至、贺麟在'文化大革命'时的经历，他们都不说。我说：你们去干校，呼吸呼吸新鲜空气，锻炼一下筋骨，没有什么特别的苦呀。直到最近看了巫宁坤写的《一滴泪》，才明白一点儿那时候的情景。"

饭后将先生送回家，小坐之后，辞出。

六月一日（星期四）

午后访梵澄先生，送去托冯统一代购的烟丝（295元一盒）。先生说："我没有请你买烟丝呀。"当然还是照收了，待清帐之后，才打开靠窗的柜子，拿出一个花纸包，"看看这是什么？"里边是一个花纸匣，纸匣里边是好几盒烟丝！又拿出一个六角形的纸筒，打开来，又是塑料袋封着的烟丝！一盒可以抽三个月，这里大约有七八盒的量，至少可以抽两年了。

说起季羡林发在第五期上的信，他说，以季的身分，何苦要作这一番说话？这是很失身分的事。看了这篇东西，我对他的敬意全没有了。桌上有一本《边缘人语》，下署"晚董乐山敬赠"，先生说："为什么题一个晚字？——从年辈、从学问，都不该这么论。"

六月十九日（星期一）

往编辑部。

沈建中来，欲拍摄一部当代学术老人摄影集，为他联系了徐梵澄、周一良两位先生，梵澄先生说："见面可以，但我不想做当代学术老人。"

八月四日（星期五）

访梵澄先生，送去休谟的《人性论》。

说起找"工友"的种种麻烦，我说："干脆找个老伴吧，最省事了。"先生一边笑，一边说："呸呸呸。""那么以后您不能自理了怎么办呢？""那就住到医院去。"

将辞之际，说了一句："还要到编辑部。"先生说："坐下，坐下，且不忙'到部视事'。"又说这"视"和"观"不同，视乃就职治事，王安石为某人作墓志铭，书"公不甚读书"；旁一人曰："这样写不合适吧？他可是状元呀。"于是王大笔一挥，改作"不甚视书"，一切就都解决了。

十月九日（星期一）

午后访梵澄先生，送去熊十力的《体用论》。他说病了半个月，大约是因为在团结湖散步时在石凳上落坐，受了凉，归来即闹肚子，今天才算一切恢复正常。

谈诗，谈诗人。有一组以"春江花月夜"为题的诗，杨度之兄（《草堂之灵》的作者）所作，其中一联极妙，——隔水隔花非隔夜，分身分影不分光。先生说："现在可还有人能做出这样的诗么？"谓当代诗至柳亚子、郭沫若止，自郐以下，不成诗也。

说《脂麻通鉴》。——"我一篇一篇从头到尾看了，以文章论，可以当得一个'清'字，不过，若以'沉雄'论，就大不足了。""可以照这样子接着做下去，可论的，还多得很啊。"

说起前不久沪上那位沈姓摄影师来访，后曾投书一封，抬头云："徐公梵澄先生。""古今可有这样的称谓？此君可以去给人写墓碑。"

十一月十日（星期五）

访梵澄先生，送去"写卷小楷"两支、兴隆咖啡一包。先生说，《脂麻通鉴》大可作续篇，如项羽鸿门宴因何不斩刘邦，项羽为什么火烧咸阳，霍光废昌邑王，皆可大做文章。

十一月廿二日（星期三）

访梵澄先生，送去钱君匋编《李叔同》。

先生手里举了一封信，说，还没来得及写完呢。信上抄了一首诗：

书项王庙壁

三章既沛秦川雨，入关又纵阿房炬，汉王真龙项王虎。

玉玦三提王不语，鼎上杯羹弃翁姥，项王真龙汉王鼠。

垓下美人泣楚歌，定陶美人泣楚舞，真龙亦鼠虎亦鼠。

（王象春，字季木，济南新城人，万历庚戌进士）

一九九六年

一月廿三日（星期二）

午后访梵澄先生（送去《中国音韵学》《诗品集注》）。他正在那里发愁，说工友二十五号就要回家过节，找不到人做饭了，已经备下许多面条。

又说起《脂麻通鉴》可以继续写，由许多前人不及的细微处可作文章，如鸿门宴项羽何以不杀刘邦？原是不曾把刘邦放在眼里，根本的目的是要借刘邦之手杀曹无伤。又，黄石老人为什么与张良一约再约？不了解国民党统治下盯梢的险恶，就不能解当日的秦网如织，约在凌晨，是因为天尚未明，自然安全，约在五天以后，则因事过三天，不起波澜，大抵已是安全，五天，便更保险了。

携归一册室利阿罗频多的《瑜珈的基础》，拟收入新万有文库。

三月一日（星期五）

访梵澄先生，先生将所阅评辞源稿交付，其后附了两叶意见，颇多勉励之辞。临行以新版《五十奥义书》持赠。

三月廿七日（星期三）

依陆灏之约，往访梵澄先生。途经路口的中国书店，—— 翻修毕，方开业，九折售书，得《燕文化研究论文集》《国风集说》等。

陆灏已先到，往北里对面烤鸭店午餐，仍是梵澄先生做东。饭毕，先生说："怎么好像什么也没吃呀？"其实饭菜挺丰盛的：京酱肉丝、宫保鸡丁、糖醋里脊、铁板烧鱿鱼、白菜豆腐汤。

四月四日（星期四）

午后访梵澄先生，取回"小戎"。

附记一

一九九六年四月十五日我往社科院文学所报到，从此一心追随遇安师钻研名物，与《读书》的作者差不多都断了联系，同梵澄先生的交往自然也变得很少。以后的几次造访，都是为了《蓬屋诗存》的印行事宜。——《诗存》的原稿是写在一叶一叶对折的白纸上，先生嘱我另外用毛笔誊钞于荣宝斋制作的八行笺。每次领得十数叶，钞好后连同原稿一并缴还，复领取新的一批。如是陆续钞录了不短的时间。九六年春，先生意欲将之自费付梓，嘱我联系出版单位。我于是转托陆灏兄，他爽快应承下来。然而此在当日却并非易事：旧体诗，繁体、竖排，宣纸、线装，一百册的印数，每一项都要费些周折，因此未免迁延日久，不能如先生所期许的年内问世。先生一向做事从容，这一回便也有点耐不住性子。不过最后诗集总算是印了出来。

一九九九年一月二十四日（星期一）日记：晚间接到姜丽蓉电话，说是从梵澄先生的通讯录中查到电话号码，因以"徐先生病危"相告。遂赶往协和医院。先生已处于抢救状态，失去意识，只有吐气之功而无呼气之力。从云南来的侄女在一旁守候。医生说"只是时间问题"。一会儿宗教所的人来了，两人便开始讨论身后安排。遂退出。

我印象中的最后一次见面是在先生身体还好的时候，那一天我从院里出来，当门一辆黑色的卧车，先生恰才侧身落坐，一眼看到我，连忙要下来，我于是赶上前请他坐好。匆忙中来不及多说什么，先生叮嘱道"你还是要常来看我呵"，算是作别。后来屡屡忆及这一幕，我想，要说永诀，这一次竟是了。

附记二

《读书》十年，与梵澄先生的通信往还不算多，今手边所存不过十余通，以下所录即为其中的七通，或可与日记所述相发明。

（一）

丽厇大妹：

接昨日（28）信，知大驾将有四川之行。问可否本周来相见？

商务所限交出校样之期已到，正去信请其倩人来取。此事至昨日始告段落。

Saiouanola 之稿细研一过，结论以为不宜贵刊。

于是开其冷藏之库，发现大蛋糕尚有多枚，大可供其一吃者。但从容品味则可，若行色匆匆，则不宜大吃，恐其难于消化也。为大妹之故，切去一角无妨。——然则请来拣择。

来时请往"春明点心店"购海南岛咖啡粉一袋（6元），该店在同仁医院斜对面，在大明眼镜店同一边，前走五分钟即到。则大驾来时有新煮之咖啡可饮，并吃蛋糕。即复，并颂
撰祺

澄上

四月二十九日，九一年

（二）

丽厇大妹：

近来彗星撞击木星，不知大妹无恙否？

盛夏炎燠，与日竞走；明星动止，时撩杞忧，唯愿勉自颐阿，端居静摄。钞书日课百纸，啖瓜姑限一车，亦养生之要诀矣。寓中耳根

多扰，然心意颇闲。细校诸经，塞文充斥，所研颇狭，工程殊远。必不赖书画之债，亦权取拖延之策。过此八日，将是立秋，天气稍凉，百堵皆作。则大驾单车贲临甚善。嵩复并祝

多福

澄上

七月卅一日，一九九四年

（三）

丽仄大妹：

昨日相见知从中州归来，虽仆仆风尘，而健康转复，甚以为慰。

遵示将唯识文字细校一过，亦无甚可说。今挂号寄上。

致书陆君时，请代致谢意。久不饮咖啡，求之不可得。忽于十二小时之内，得自两处，天诱其衷，有如是哉！

编拙稿成集，细思只合分成三汇。属"精神哲学"者一，则《薄伽梵歌·序》等皆收。属"艺术"者一，则论书画者收之，当待大量补充。属"文学"者一，则自诌之俚句，及所译文言诗，并诗说者属之。犹待大量补充，将来合为三小册子。此大要也。《星花旧影》之类，则属"轻文"，或从略，或再加拣择，或再有所撰，缀成一小集，皆将来之事。体例一定，则编次可以无讥。要之请不必急急。嵩此。即祝

撰祺

澄上

十一月廿四日

（四）

丽仄大妹：

秋气已凉，柳叶未落，蝉声犹曳，明渊静波，时杖策公园，会意时景。然亦深念大妹，久息音闻。不知近况何如矣。想《通鉴》一出，意致颇复飞扬。愚意尚有汉代三国极佳题材，未入史评也。但汉文彩已高，读之惊魂动魄，倘再加评述，难于逾越马、班，或者有《续通鉴》之作乎？

近来贱躯无恙，暖气已来二日矣。暖气未到，曾微患喷嚏，缓缓遂已痊愈。但近来工作效率稍减。而咖啡粉告罄，附近遍处购求未得。倘大驾下次枉过，仍乞依旧往某店购之。或海南产，或云南产，皆远胜速溶之西品。尚欲得麻杆小字笔二支，则前番已面托者。—— 单车缓驶，绕道不远，则所搅不多，而益我已厚矣。

第十期杂志已到，知拙文尚无错字。"此又君之功也"，感谢无既。

崇此奉候，并解未勤致信之面责，想释然矣。即颂

编祺

澄上

十一月八日，一九九五年

（五）

丽仄大妹：

下次相见时，有此数事当了：

1）《文汇报》之"读书周报"及"特刊"，一九九六年全年订费，请算好见示，即当付清请转致。又一九九六年《读书》订费54元，当付。

2）还奉欠置书款19元。

3）昨日已有新版《五十奥义书》送来。因如约当奉赠一本，并代陆灏君收转一本。必妥善暂存，以免被夺去。

4）校样已看完（水按：此指小文《评〈辞源〉插图》）。仍盼大妹稍加修改。愚实未将原稿改动一字。意此将使《辞源》销售大减，但学术真理，如何可昧？已录存数纸所见，别供大妹参考。

亥年立春已过，北方仍乏雨雪。所可忧者方大。虽然，无妨乐度春节。即颂

文祺

澄上

二月九日，一九九六年

[另纸]

丽芷大妹：

此次示下校样，颇感苍凉，不留心此学逾一甲子矣。对此竟如隔世，应当重新从头再学。手边亦无一本可参考之书，于《辞源》所载及批评之说，皆只能唯唯而已。但近年出土之宝藏法物实多，端赖专家善研究之。忆当年考古新学入华，有一学者名李济，所造似不深，而李氏又因离开大陆，亦不得志于台湾，闻大陆之发现，弥叹其欠缺"田野工作"，不及见也，赍志而没。窃叹于今振兴考古学，人才与经费俱缺，其事难能。而古物之出土，遭损毁者亦巨，可复慨哉！兹录

微见数点，供大妹参考。此亦不可耽执之学，养成癖好，极难解除，如马蠲叟所讥曰"骨董市谈"，则亦无甚意义矣。必国富民康，然后可有人才蔚起，奠定斯学，发扬光辉。所冀为期不远。—— 顺便书数字。澄白。

<h2 style="text-align:center">（六）</h2>

丽正大妹惠览：

　　春光初透，继以甘霖，亢旱缓解，千家相庆。近想起居胜常，至以为祝。前谈及拙稿出版事，知重印《母亲的话》及《瑜珈的基础》二小册子，皆已定妥。只待校样，甚以为慰。诗集姑定名曰《蓬屋诗存》。倘尊意有较佳之题，告知自当采纳。因思在北京出版，或较上海为优。当此物价飞涨之时，似难强出版社以所难，旧体诗少人过问，兹书必难畅销。无已，兹思得一策。凡用繁体字，直行排，不用标点，能线装则用国产佳纸。由作者看校样三过，以及签约（合同），收版税或稿费等，并赠样书若干册，一皆如寻常他书。但在出版之初，由作者先付补贴，以免出版社亏损。数目或不至太多。若全由作者出版，则亦力有所不能。且不得书号，无由出售，则求之者不得。此中委曲，大妹知之甚详。故甚盼鼎力成此一事。盼能请贵杂志主编沈先生指示一二。其次陆君若来北京，当于上海出版界事较熟，可以商量，总期得一妥善结果，使此书今年可以问世。

　　上海林在勇君有本月17日来信，仍是索稿。兹无以应命，遂亦尚未复，有暇致书上海时，请代致此一消息，并附问候。

　　以情事度之，今年暑假必出游，或者黄山，或者他处。惟是一时尚不能决定。似之依乎因缘凑泊耳。

尊文大谈古器物者，付印前愿再读校样一遍，虽知无益高深，或犹可贡愚者之一得。耑此。诸惟

保重健康为上。即颂

文祺

徐梵澄上

一九九六年三月二十三日晨

（七）

丽正大妹惠览：

岁星周转，又入新春，侧闻一年之间，研究之结果丰多，深可庆喜。芳菲腾上，辉耀声香，及此韶光，遂增述作，尤可为新年贺者也。拙稿印刷，未知安迪进行何如矣。友人就已订本观之，谓天地头尚当延长，则可分两本而长，似较大方，免簿书之气。此议可采。商务馆昨寄到鄙人之逸文一篇，将来待大妹发落。目前欲稍结集前作，亦未能匆匆作结论，故尚不能悠然闲放，而假期又颇虚度矣。有暇驾临鄙寓一叙，多事尚有待于玉麈一挥，时深盼望。冬寒稍减，调摄为劳。聊驰寸笺，敬颂

福安

澄上

一九九八年一月三十日

绿窗下的旧风景

谷林先生高高瘦瘦,用《世说新语》中的话说,是"清虚日来,道心充满"。虽然不宜以魏晋人物"雅望非常"之类的熟语轻施品藻,但也的确是心无点尘,渣滓日去,散散淡淡瘦出的一剪清癯。

自幼爱好文史,却情有不得已做了一辈子财务,原来是人生道路上的一番阴错阳差,——听了这一段经过之后,真是不胜嗟叹,有缘? 无缘? 世事果然有个"缘"字在么? 不过,在退休之前的十年,到底又是一番阴错阳差去了历史博物馆,专意整理文献,算是了此情缘,这一回,又似乎是个开端:整理了二百万字的《郑孝胥日记》,出版了一本文集;更有了《读书》上的"谷林"和"劳柯",不论"品书"还是"琐掇",

谷林先生所赠照片(二〇〇〇年)

都是极见风格的文字。

毕竟还是缘分罢，连隐于市的居所，也带着"文化"，—— 它是华文学校的前身，与协和医学院同时，用"退还庚款"建的，学校后来的情况，沙博里在《一个美国人在中国》一书中有一段记述：

北京解放后的几天之内，有几个单位的代表来找我，要求我们把华文学校的房产租给他们，我让他们去同一位美国人联系，他是用洛克菲勒基金创办的北京协和医学院的行政管理人，也是华文学校校委会成员，他和一个单位签订了租约，这个单位就是后来的文化部，文化部付租金，并付给留用的老职工工资，只是到了美国从中国撤走它的外交人员，又派遣第七舰队进入台湾的时候，租金才停付。

这段历史如今大约很少有人还知道，而大院早成文化部宿舍，似乎已不见昔日遗迹。据说当年尚有若干圆明园拆除的材料，如石雕、佛像之类迁置在此，不曾细心寻觅，不知是否尚有遗存。

大院深处一幢旧楼，树荫挂满了窗子，窗前的写字台上，泻下丝丝缕缕的青翠，愈见得纤尘不染的一派清静。但绿窗对坐晤谈的时候并不多。先生虽寓居京城四十余年，却乡音不改，一口宁波话，听起来着实吃力，而偏又是魏晋风度式的"吉人之辞寡"，总是浅浅笑着，并不多言，此外，也还是有意为之罢，—— 戋戋小简，是一叶绿窗风景，细楷娟丽，楚楚有风致，每令人觉得隽妙无比，便故意抛砖引玉，以期获得一份阅读的欣喜。

来书云：

从五七干校回到北京，我转业改行，转眼花甲，还有点"晚学"的勇气，想从头读五经，可是放心难收，手挥五弦，目送飞鸿，终于废然作罢，说两件故事给你听：我读古文是从香烟画片入手的。以前香烟多是十支装，每盒有一张小画片，有一种天桥牌，画片是三国人物，一张曹操，翻过背，题的是："固一世之雄也，而今安在哉！"我不知道为什么对那样的感慨大为动心，它跟我的年岁太不相称，居然结下不解之缘。还有一种大英牌（又叫红锡包），画片是列女故事，汉武帝对姑姑说："如得阿娇，当以金屋贮之。"我从父亲的烟盒子里积攒这些小画片，开始我的古文课，后来有了"一折八扣"的标点书，我用了十几个铜子儿买了《唐诗三百首》，认真背诵"欲饮琵琶马下催"。一位同学纠正我，说是应作马上催。我很犹疑。我觉得马下近是，待上马犹持酒不上，于是嘈嘈切切乐声大作催着上马了，如已经上马，放缰驰骤，还有什么催的呢？这就是我的水平，……

——"水平"云云，自然是少年往事，但由香烟画片启蒙的故事，在翁偶虹先生的《北京谈往》中也是讲到的，想来它的"教化"作用，是影响了一代或不止一代的人。这是"百草园"中的另一片风景，其中或许正藏了无数书的故事与人的故事，这一回，它又作成人与书一脉不解的因缘，以致"百草园"中的"英雄与美人"，竟成为一种对人生的追怀。

不过先生在这里详细讲述这个故事，一面是忆旧，一面仍是自谦，所谓"深藏若虚""有盛教如无"，不是圆滑处世，而是认认真真、诚诚恳恳做人；正是夫子所说的"君子儒"也。

手边一份旧剪报，大概裁自四十年代的《新民晚报》。题为"东陵瓜"，署名劳柯。以东陵侯邵平种瓜城东的著名典故起兴；闲闲的文字，淡淡的笔墨，议论也不惊人，不过，结末的几句，却颇见精神，——邵平不凡，掉了东陵侯，也能短衣革履学种瓜，种来的瓜还不坏，陶渊明不凡，拿官俸办事，只看它同个普通的职业。他们不凡，就因为他们把原本平凡的事情平平凡凡的处理了。世人的平凡，乃因为他们把别人平凡的行径惊为绝俗。——若讲"水平"，这自然也是"水平"之一。却不知是不是"少作"。

先生本姓劳，"谷林""劳柯"，都是笔名。清代藏书家仁和劳氏兄弟，是极有名的，弟弟劳格季言尤其在考证上颇具功力。凡手校之书，无不丹黄齐下，密行细书，引证博而且精，又镌一小印曰"实事求是，多闻阙疑"，钤在校过的书上面，先生的读书、校书，与求甚解的考订功夫，便大有劳季言之风，——"丹黄齐下，密行细书"，是形似；"实事求是，多闻阙疑"，是神似，有时甚至认真到每一个标点符号妥帖与否，因每令我辈做编辑的"塞默低头"，惭愧不已。

论藏书，自然比不得劳氏兄弟，但也还有难得的藏品。有一个四十年代编辑出版、后来被编入另册的刊物，叫作《古今》，先生有从创刊到停刊首尾完整的一部，装订为五册，原是解放初期从冷摊上淘得，当时也还是很破费了的，近年曾在海王村看到，标价已近千元，里面不少文史掌故之类的文章，虽一些作者人品不大磊落，但若不因人废言的话，这文章还颇有可读。一次，见先生检出两册藏书，举以赠友，当日不便问，事后致函询及，先生答道："那两本小书是《汉园集》和《猛虎集》。前者商务出版，是文学研究会创作丛书之一种（丛书名或有误），是一种小开本绿色布面精装本，只是字体较小，不宜老眼。内收何其芳、卞之琳、李广田三人新诗，人各一辑，扉页左上角有'其芳自存'四字。买此书情景历历在目：那时我的工作场所在前门外，晚回东城宿舍，过南河沿东口，在盐业银行的门廊下有一人用旧报纸铺地，燃一电石灯，平放着十几本书出售，我以大约四角钱得之。《猛虎集》，徐志摩新诗，扉页有题赠签署：上款魏智先生，下款徐志摩三字，钢笔字写得挺拔有姿致，因记起海藏日记中有徐志摩与郑孝胥约往观其临池的记载，有一次是与胡适两人同去观看……"诸如此类，不说珍品，也当称为隽品。只是"文革"中，寓所播迁，多有散失。劫余幸存，先生又常常持赠爱书的友人，也许竟没有可以称为"镇库之宝"的尤物了罢。

不过周作人著译的全部，大抵十之六七，仍在藏中。我曾求借过其中的几种，便略略闻知当年搜索的辛劳。后来先生在《文汇读书周报》上写了《"曾在我家"》，详细讲述了搜集知堂著译的经过，及与作者的一面之缘，琐琐往事，"风淡云轻"，先生说，"然则我所絮叨的，也就烟消云散了。"但我却不免"心头略为之回环片刻"：果然烟消云散了么，那风淡云轻的什么，或已氤氲作一团，一片；其实，犹在"我家"。

先生似乎是传统社会中的传统人物 —— 用董桥的话说，是"旧"，并且，"旧"得有趣 —— 不仅接人待物，即日用起居，也都是极传统的。印象中，他常年一件中式蓝布褂，不烟，不酒，口无所嗜，目无所贪。不急，不躁，不愠，不争。我想，即使退回到两汉，先生也不是"醒而狂"的盖宽饶，"简略嗜酒，不好盥浴"的刘宽，而是"为人恭俭有法度"似彭宣；不过，虽然不忘情于世事，却仍有隐于市的大隐之风。

过去常说读书人，现在爱说文化人。所谓文化人，大约就是始终持守了一种文化精神的人。或者，就成了名人；或者，并不。前者，能够影响及于社会；后者，便只是悄然无声润泽了他的周围。文化城的北京，文化名人自不少，不名的文化人，本来也应该很多很多（文物似也如此；譬如，那默然于著名文物之外的华文学校）。这可以说是一种无形的文化景观罢。古有"一行作吏，此事便废"的说法；此事，谓读书也。读书，原只是为了求一门高雅的谋生技艺，——《颜氏家训》所谓"若能常保数百卷书，千载终不为小人也"，便是这种功利式的教读。如此，虽大抵可以不为俗吏之类的小人，却未必做得成君子，唯有真正钟情于书，才能爱它不倦；即使"作吏"，仍为君子，或曰：文化人。这不像是很高的要求，但偏偏能够做到的，很少。

（初刊于《读书》一九九四年第五期）

今在我家

　　谷林先生喜欢知堂的文字，我和止庵也都喜欢，当年老中青三人聚首，中心话题不知不觉每每是它。有一次忽然被止庵发觉且说了出来，三人都笑。那天的情景，至今记得，却是永远不再了。

　　幸而我们尚处在纸质书的时代，书尚可以"物质"的样态在爱书人手中传递，也因此书不止是视觉下的一堆文字。

　　关于购求知堂著述以及与知堂的交往，谷林先生《"曾在我家"》一文尝略述本末。开篇所及便是购求之始的《谈虎集》，——"我所藏的一部《谈虎集》，上卷为一九三六年六月的第五版，下卷则为一九二九年六月的第三版。上卷毛边，封面左侧古日本画家光琳所绘虎图无边框，亦无画家题名；下卷封面的虎图加有边框，画家题名见于虎爪间，书边已切齐，因之开本较上卷短小一圈。上卷书面正中盖了一个腰圆公章，文曰'江苏省立南通中学教务处'；下卷也有一个名印，朱文篆书'启楠'二字，盖在虎图边框之内右下角。这么一部凑合起来的旧书，上卷扉页却记有我当年邂逅获致的快乐，写道：'一九四八年六月廿二日，为××购《九尾龟》，过河南路，以四十万元得此，狂喜！'接下去还说：'先是试向《论语》投稿，想挣稿费能买这部书……'所说都是指犹在做中学生时旧事，约当这部旧书上卷

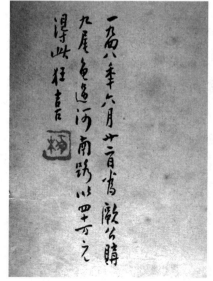

谷林先生所赠《谈虎集》

第五版新出前后。此书原价上下卷各为九角，做中学生时没钱买，毕业后有了工薪，却没处买。读元稹《遣悲怀》'今日俸钱过十万'诗句，直觉得情文俱至、感慨无穷。得此书时，南京一位友人刚巧给我讨来一张周作人的字，写放翁《好事近》一阕：'华表又千年，谁记驾云孤鹤。回首旧曾游处，但山川城郭。　　纷纷车马满人间，尘土污芒屩。且访葛仙丹井，看岩花开落。'周氏以前自编文集，往往兼收译作，如《谈龙集》里就有《希腊神话引言》、《初夜权序言》两篇。此写古人词，是否也是'借他人酒杯'？以意逆志，不能深求。"——这是一段很长的开场白，以下的故事便都是因此而起。文末所署日期为一九九三年十一月九日。题目中的"曾在"，用了一个"过去时"，如此，写作此篇的"现在时"，该是"不在"了。其实犹在。于是话又说回来："曾在"，原是暗含着一个"将来时"。我在一九九五年二月十三号的日记中写道："往编辑部，处理初校样，忙到午后。收到谷林先生赐下周作人著述十一种，几乎每一本都写了字，略叙因缘。"那时候编辑部在朝内大街一六六号，与同在这一条街的谷林先生居所隔马路而相望，因而彼此之间的书信传递常常是互相送到各自门口的收发室。这一次也是。《"曾在我家"》中说到的《谈虎集》上卷和下卷，便在这一批赠书里。扉页有先生题赠，曰："此种系余收集周著所得最早之品。《"曾在我家"》篇内尝描叙之。左侧题记未署年月，自是三四十年前笔墨。远公留念。乙亥早春，修之。"左侧题记："第一次向《论语》投稿，希望有稿费买这部书；接着是走私与缉私的讲演优胜，痴想奖品中有这部书。我从头读了他宽容谦冲的言谈，又引起油然的敬意。"

　　赠书十一种里，又有《雨天的书》，北新书局一九三五年版；《风雨谈》，北新书局一九三六年版。前者跋语只有两行："乙亥春月持赠远公。修之。"左侧则是六行旧年的墨书题记："尽管这是你死我活的战争年月，尽管这是火热的夏天日子；而这，都将过去。在我认为，茶叶野菜才是处常之道，才是更为长远的东西。我自来爱雨天，自有十分的理由喜爱雨天的书。一九四九，八，七记。"后者扉页跋语曰："此种已由岳麓于一九八七年重印。重印本承钟叔河君寄赠，今以旧存迻赠远兄。目录后所录，亦不忆抄自何处，疑出曹周通信集也。乙亥正月，修之。"所谓"目录后所录"，乃如下一段文字："《风雨谈》后记承示诸人议论，甚感。语堂系是旧友，但他的眼光也只是皮毛。他说后来专抄古书，不发表意见，此与说我是文抄公者正是一样的看法。没有意见怎么抄法，如关于游山日记或傅青主，都是褒贬显然，不过我不愿意直说，这却是项庄说的对了。我的散文并不怎么了不起，但我的用意总是不错的。我想把中国的散文走上两条路，一条是匕首似的杂文，我自己却不会做。又一条是英法两国似的随笔，性质较为多样。我看旧的文集，见有些，如《赋得猫》《关于活埋》《无生老母的消息》等，至今还是喜爱。此虽是敝帚自珍的习气，但的确是实情。古人晚年常要悔其少作，我现在看见旧作还要满意，可见其了无长进了。一九六五年四月卅一日。"

　　《自己的园地》，北新书局一九二七年版，亦在赠书之内。扉页跋语曰："余别存改板前旧本，据此册版权页记载，改编本犹分甲乙种，此殆乙种本也。远公存。修之，一九九五，二，十二。"后页却有占了大半面的两条旧年题记，其一："开明街新开了一家书店，招牌好像唤作北新。柜内只有一个人，绕颊微髯，吐音清越，回想起来颇像又新老兄。当时与其晤接情况，宛在耳目，只是状写不出耳。书店左壁书橱门内有《泽泻集》，此应肆之人则颠倒称之为'泻泽集'。余过开明街，辄一往观，或取下摩挲，终仍纳之橱门。此时究尚在商校，或系返自杭州之年，已断不定了。总之，过了七八年，游方归来，又专诚去找这一家书店，去看了它左壁上的高书橱，仿佛觉来梦回，惺忪中便欲往觅梦中迷离的道路，好不惆怅煞人。今日检此书，定价只是五十分，思之怃然。一九六一年七月。"其二："今日得子钦先生西宁来函，云又新先生患鼻癌危在旦夕，驰念不已。六二年四月十五日。"

又有《苦茶随笔》一册，北新书局一九三六年版。卷首插页为照片一帧，系"十八年元日刘半农马隅卿二君在苦雨斋照相"。谷林题赠曰："岳麓八七年重印本无此插页，封面装帧亦改变。余颇喜此封面，然持放大镜凝睇久之，终莫辨一字。远公存。一九九五，二，十一。修之。"

又《永日集》，实用书局一九七二年版（据一九二九年上海北新书局版重印）;《苦竹杂记》，良友文学丛书，一九四一年版。前者题赠曰："故友洪绍骐，系洪丕谟族父，与余同岁，所好恶亦与余极相近。自上海去美国依其子，曾拟寄所藏港台版书与余，临行匆遽，未及料理，抵美未久，遽殁。其夫人嘱其次子点检寄书十三种来，此其一也。余旧藏系苦雨斋中物，故分此册与远公。乙亥岁首。修之。"后者题赠曰："岳麓八七年重印本，后增校订记和索引，余留钟君赠书，迎新送旧，能勿为远公所笑乎。乙亥早春，修之。"

九十年代初，我出版的第一本小册子署名"宋远"，"远公"之谓自是谷林先生的幽默。《"曾在我家"》的写作，既是对于自己喜欢的文字不能忘怀的系念以及曾经的读书经历不无感慨的一点追怀，也预藏了散书的心事，那么是先生对于藏书的豁达了。纸质书上的"淡墨痕"留下了情感和岁月的痕迹，"今在我家"，当然也是先生赠书十一种暂时的存在状态。在电子书已经破门而入的时代，它更像是太阳下的星光，看不见，然而我们知道，它还在。至于"它"是什么，时下流行语曰：你懂的。

（初刊于《东方早报·上海书评》

二〇一二年八月十二日）

关于《爱书来》

少小远离父母，在京城外婆家居住，略略识字之后，外婆就教我给父母写信，信寄出，自然也心心念念盼着回复，因此从小便觉得通信往来是一件很有意思的事。后来自己的婚姻，竟也有一半是系于书信。

到《读书》不久，就听老沈说，有一本《秋水轩尺牍》，一定要好好读一下。我很听话，马上就买了来，是湖南文艺出版社一九八七年版，印数一万八千册。校注者在篇幅不短的前言里对书信作者即晚清许葭村有所描述，并详细介绍此书的内容与价值。关于他的行迹，原即得自于这一编尺牍，而许葭村也即因《秋水轩尺牍》而留名。虽然翻览之下，觉得它并不是我喜欢的一类，但却明白了老沈的意思，便是告诫我们有必要学会写信，因为它是编辑的组稿法门之一。这本来是我一贯喜欢的交往方式，自然而然用于工作中，因此《读书》十年，留存下来的作者信札不少，数量最多的便是来自谷林先生。

初始与先生通信，多半是关于《读书》的校样或回复我的稿约。之后自然过渡到谈书，兼及近况，兼及与友朋的交往，中心议题实在还是一个"书"字。虽然只是九十年代一位爱书人和几位爱书人的读书生活，却无意中成为彼一时代读书境况的一角剪影。转思此不过二十年前事，今日重温却恍若隔世，这一束信札便更觉可珍。

先生健在的时候，止庵动议编纂谷林书札，而命之曰《书简三叠》，我和沈胜衣都积极响应，《三叠》所收致扬之水、止庵、沈胜衣书凡一百四十五通，二〇〇五年由山东画报出版社出版。先生在此书的《序》里写道："前人有诗云：'老病难为乐，开眉赖故人。'又云：'得书剧谈如再少。'圣陶先生更把晚岁与故人来回写信视作'暮年上娱'。止庵盖深会此意。这件小事如果借电话一说，岂不简省，但像来信蕴涵的那般顿挫环荡情味必致全部消失。"这里说圣陶先生把晚岁与故人通信视作"暮年上娱"，也很像是自况。暮年时期的先生，写信几乎成为命笔为文的唯一方式。如果先生是在此中寄寓了经营文字之乐，那么他人所感到的便是由文字溢出的书卷气以及与信笺和字迹交融在一起的那般顿挫环荡之情味了。

"惯迟作答爱书来"，梅村诗中的这一句很是受人喜爱，以纸为媒的鱼雁往还时代，它的确是多数受信人的心思。谷林先生虽然"惯迟作答"，而一旦书成，必为人爱。晚年所作书信的内容，认真论起来，很少有"事"，更鲜有"急事"，淡墨痕，闲铺陈，不论大小，一纸写尽竟，便正好收束。比较前番收在《书简三叠》里写给我的五十三通，此番所收之一百五十六通，数量是大大增加了，但风格气韵始终如一。之前以及目前，我都曾计划对书信中的一些人和事略作诠解，但最终还是放弃打算。一是时过境迁，不少书信中提到的具体事务已经记不得原委，二是这一束书简里要紧的并不是保存了怎样的史料，而是特别有着文字的和情意的好，也可以说，它同先生的《答客问》一样，是为去古已远的现代社会保存了一份触手可温的亲切的古意，那么其中若干细事的不能了然，似乎不成为问题。

　　不过到底还是有件细事似可稍作分疏，因为近年常常有人问及。先生来书或以"兄"相称，这原是一个很平常的称谓。《两地书》中，鲁迅对许广平的惊讶——"我值得而且敢当为'兄'么？""不曰'同学'，不曰'弟'而曰'兄'，莫非也就是游戏么？"——乃如此回复："这回要先讲'兄'字的讲义了。这是我自己制定，沿用下来的例子，就是：旧日或近来所识的朋友，旧同学而至今还在来往的，直接听讲的学生，写信的时候我都称'兄'；……总之，我这'兄'字的意思，不过比直呼其名略胜一筹，并不如许叔重先生所说，真含有'老哥'的意义。"

（《爱书来：扬之水存谷林信札》，

上海译文出版社二〇二〇年版）

泗原先生

　　泗原先生是我近年常常会想起的一位"陈旧人物"，只是在我的阅读范围里，很少见到有人提及。日前得获叶兆言《陈旧人物》（增订本），展卷看到有《王泗原》一篇，不免惊喜。而记忆的门也随之开启，零乱的碎片便跌落出来，因此不及慢慢整理思绪，且凭着昔年的日记和先生的来书先把断片略事拼缀。

　　先生是负翁的同事，也是负翁十分敬重的朋友，便因为负翁，得与先生结识。一九九〇年十月十六日日记记道："到张中行先生处取书（王泗原先生所赠《楚辞校释》）。"大约是在此之前我向负翁说起手边有泗原先生的《古语文例释》，对先生的学问非常佩服云云，遂有此赠。得书后，我写就一则介绍文字，题作"做学问是一种责任"，很快发在《读书》上。同先生的初次见面，便在次年的一月九日。当天日记中写道：

　　往王泗原先生家，先生正坐在沙发上假寐，被叩门声惊起，谈未几，而一见如故。别时道："若先生愿意的话，我会常来拜访的。"答曰："岂止愿意！"相送至门外。

　　王先生看去像有八十开外了，几十年前老伴去世，至今鳏居，生活中的一应事物，皆是自己料理。腿脚似有疾患，行路时一跛一跛，但身体还好。他说：我室内室外穿着不变，也从不感冒。还说到对京剧的酷爱，看戏则必要坐第一排，往往为此而不辞辛苦排队购票。

此番一席谈，话题主要是围绕《古语文例释》和《楚辞校释》。

这以后便常常通信往来。我多半是投书求教，来书则答疑之外兼及近况。先生的通讯地址很简单，因此至今记得清楚：丁章胡同十三号。印象中，信皮上的"十三号"总是写作汉字的。一九九三年十二月二日来书中写道：

典故，我素不肯重视，知道的也多忘却。这方面是一窍不通。来信所举诗句，我实不知。但是诗还是可以作的。平仄、韵脚，不可丢弃，那也不难办。最好不要用典故。前人说作诗须多读诗，也是要从其中得到各种表达方法，学到诗笔。也不可一概而论，名作尽有我们不爱的。杜甫《秋兴八首》是名作，我读来却不感兴趣。李白的七古，人都说好，他七古的长短句我总不喜欢。读古诗要知道一点古音，自己作就可以不管它。不过知道古音可以几个韵串，是一种方便。我主张您作诗，实由自己不会作，觉得是缺憾，少了一种表达工具。

故书还是要有人钻。近写过一信给广西学生，嘱便中问问出书的路，回信有一句话我看了很伤心，原话说："先生，现在的风气如此，国家不需要象您这样兢兢做学问的人，……"

近来写了几封长信，是答一堂弟问族中旧事。族谱已不存，所问惟有我能谈，那就谈谈也好。族谱有的事也不敢直书，明洪武年间族中因重案株连遭抄没，什么重案，缺载。口头相传是血洗。这事倒可以进入"脂麻"。

上月下旬恶冷，这几天好转了。炉火还行，蜂窝煤也旺不到哪儿去。好在我不怕冷，诸请释念。

那时候我还在写作《脂麻通鉴》，因此来书言及"可以进入'脂麻'"。

丽雅同志：

奉二日示，快读游记，引人入胜，不觉一口气读完。您一再入滇，清兴如此，只有羡慕。我则与游无缘，岂愿访古，而牵于俗务，欲往不能。今则迳著矣。

近来颇为家乡文物费时间。族人有意续族谱，我则以为不合时宜。惟涉及文物，不得漠然置之。寄来一份抄稿，乃明代志墓文，疑点甚多，自当为之疏解，不料竟达五十馀处。拟腾清后即寄回。族中一门廊被毁，众议修复，此亦不合时宜，惟原有题额六字为明末刘同升所书，我不能无眷恋。刘公崇祯状元，清兵南下，举率乡兵与杨廷麟收复吉安。幼读书传，夙深景仰。族人有意请当今书法家重写上石，我坚不考虑。今所谓书法家，其笔法我看得上者一人无有。众意如此，且自由他。

报纸马虎续有所见。一小报载文砍断尾巴，而后面还有两行空白，与前无馀地者不同。如何复了？这回地址依封面写。——前写一信封在，又仍回了。

远行当能继续，俾我有游记可读，好吗？

请保重！

泗原上 1994. 4. 18.

依稀记得丁章胡同十三号是一个很小的院子，先生住北房，但冬天生着蜂窝煤炉子，因此还是觉得不暖和，坐久了，甚至会冷。大概在信中提到这一点，来书所以曰"好在我不怕冷"。

一九九四年五月三十日来书述近况曰：

近来杂事丛集，没有一件算得上正经的，就是牵挂心肠，放不下来。村中"出土"明代墓志石，来信见询是否有保存价值。我看有些资料，文章水平也不低（明人文章我多不爱），尚可保存。为让多几个人明白，作了些注，而一注竟有五十三处之多，今已寄去。

想到什么可口之味都吃不到，想到少时家乡美食，写了几句报髀股，寄上一份请正。若不能引起您馋涎欲滴，当自认文笔失败。

吾乡安福，明代以理学著，有王守仁弟子及再传弟子多人。我于理学素鲜兴趣，尊重王守仁，乃以其为人与功业。近乡中寄来乡校校歌，以唱用已八十年，恐传唱不免错讹，嘱校订。既讫，复为就典故数处作注，今已寄去。

所谓"报髀股"，便是刊发在《文汇报》一九九四年四月二十四号"旅行家·养生"版的一篇短文《田家有美食》。所及有稻粢、豆腐渣、棉子芽、冲菜、花麦羹、凉粉。田家菽粟，巧手烹调，俱是惠而不费教人口齿生津的"绿色食品"。像他的学术文章一样，这一篇闲适文字也是以简净的文笔而生色。

又同时收到的一九九四年六月七日来书：

您一日信，二日就收到了。今已是七日，怕您已去江西，那就等回来看。我是无事忙，又懒，无可奈何。上月三十写了短信，一直未寄，今一并寄上。

诗有兴即写，走遍南北，更好写了。诗的言语，永远也道不尽的。

若道得尽，诗人早绝了。不过都要翻新出奇也难。大家名作，我也有不大感兴趣者。如杜甫《秋兴八首》是名作，我就读不出味来。"香稻""碧梧"一联，偏要倒装，全无必要。这也是他故意出奇，故意出奇，即不能算是好诗。"床前明月光，疑是地上霜"，也是大家，这种比喻有何好处？您做您的，大家尽可不管。

吉祥拆了，无看戏处。昨致人一信，发了些牢骚。报载中和九日起连演三十场，那里回家要过地道，我怕去。最怕误车。

先生曾一再鼓励我学诗，我也真的一度发兴学做"诗人"，然而很快发现自己不是材料，努力一回，也就放弃了。对《秋兴八首》的不喜欢，先生不止一次说起。此外还有不少对学问大家的批评。如对《说文解字》段玉裁注的批评即十分严厉，以至于说到段的解释不可信据者不在少数。这一点他曾反复强调，并且每次都举出例证，因此对我竟是很有影响，这些年时常翻检的是桂馥《说文解字义证》，段注便很少查阅。"疑"，可以说是先生读书治学最鲜明的一个特点，这也是负翁同他的脾气相投之处。

京剧是先生的一大爱好。来书所云"中和"即中和戏院，位于前门。那一年开在东安市场里面的吉祥戏院拆了，令一大批戏迷怅惘不置。我婚前婚后的两个家都距吉祥不远，从小就在那里看戏，喜欢它台前没有乐池，同演员离得近。在吉祥也还曾与先生相遇。一九九二年十二月十三日日记中写道：

晚间到吉祥戏院观看侯玉梅专场演出（六元一张票），共三个折子戏，《坐宫》《活捉》《改容战父》。为她配戏的几位演员都挺过硬，杨四郎是于魁智扮，于是侯的同学，侯玉梅扮相极俊美，且文武兼备，想起王泗原先生总在吉祥看戏的，果然就在第一排找到他，利用幕间休息的时间，聊了一会儿。

一九九四年九月三十日来书是最长一通，有满满五页。其中说道：

富田文家有文天祥手卷，五十年前尚存，惜我未得见。那时我在吉安教书，有一年吉安要筹一笔赈款，由地方政府向富田文家借来手卷，展览卖票。我因暑假回乡了，若事前知道，当然留在吉安，不回乡了。听说文家后人（文公无后）很珍视，展览时轮流守护不离。

这件手卷，民国初年曾由江西几位名人借出影印，几位名人写了跋语，有胡思敬（光绪末御史）、陈三立、王补（即为先祖父奏议作序者）。我家藏有一份，是王泽寰（补）先生赠与先父的，今不存。观此卷，知沈阳博物馆所藏文公手卷（有影印本）乃赝品无疑。

欧阳脩（当作脩，古脩、修义别，简化字并入修字，非）倒是真的吉水人。初置吉水县时，欧阳脩的家乡（沙溪，今属永丰县）由庐陵划出，所以欧公是吉水人。后划吉水置永丰县，沙溪归永丰，这时欧公四十九岁。就现在说，欧公是永丰人。可怪的是，标点本廿四史中《新五代史》出版说明竟云是江西庐陵人，且注今吉安，舛谬之甚。我于《例释》中有辨（361页）。廿四史点校很马虎，《新五代史》尤甚。

文公家乡今又在争旅游权，争收入。吉安市旧为吉安府城，城东螺山之麓旧有文公祠堂，今重旅游，祠堂成了一个景点。经过布置，效益可观。而文公家属吉安县，吉安县离开了市区，不甘心吉安市获旅游之利，于是另设文公纪念堂于县境某地以争利。我民族固伟大，而今却利用祖先的面子吃饭，子孙何不肖至此！

下面说看戏。人民有时有中京院或其所属青年团演出，不登报，当然是因广告费负担不起。多是演到九点三刻，《探母》演到十点。

如您看，回家方便否？ 票当然由我买。人民卖票不如吉祥规矩，反正无好票不看就是。人民、民族宫都有个大乐池，一排就相当于吉祥六排。一个月前各昆曲院团（北、上、苏、浙、湘）青年演员交流演出，在人民，我看了十二场。又看了新艳秋三场程腔，年已八十多岁了。

昨看了北昆演出改编的《琵琶记》。改编者安排的结局是由皇上敕谕，蔡伯喈、赵五娘、牛小姐并为"全忠全孝"，真不知从哪里说起。今日文化普遍低落。

炸酱面北京饭馆没有一家好吃的，今恐更甚。南方的，打出北京幌子，但味道好得多。现在平民化的饭馆实在没有什么可口的，而报上总说"随着人民生活水平的提高"！

如不是太忙，做饭实在不苦。这我倒擅场。客不多，我能做酒席，实际做过。今则无力。即使做，肉类总不新鲜，味当然好不了。从前，像吉安那样的城市，猪肉是卖当天的，自然味好。价又便宜，就在抗日战争时期，比较艰苦，肉也只要二角钱一斤。我两个人，天天吃半斤肉，只一角钱。当时我办报。教书呢，火食吃学校的。一般都吃得好。吃得不好留不住老师。

盼望您能有一段日子不出差，介绍《王礼锡诗文集》的文章还得请您写，并在《读书》登出。

所云《例释》，即《古语文例释》，叶兆言的文章里谈到了这本书的写作经过。书初版于一九八八年，上海古籍社出版，当年就印了第二版，两次印刷共八千册。一部专深的学术著作有如此印量，是很令人吃惊的。这也只是那一年代才有的罢。

来书中的"人民"，即人民剧场，在护国寺胡同，距先生家不算太远，吉祥拆掉之后，大约常去的就是这一处了。

先生赐赠《王礼锡诗文集》，事在一九九三年，当年九月七日日记中记道：

> 往编辑部，收到王泗原先生寄赠的《贞石山房奏议》《贞石山房诗钞》及《王礼锡诗文集》。前两种，作者王邦玺，是王先生的祖父，王礼锡的曾祖父。

然而惭愧得很，关于《王礼锡诗文集》的书评我到底没有写出来。手边保留了一封不知为什么没有寄出的信，中间一段即道此事："先生的信任，教我又感动，又惭愧。只是我对王礼锡诗文实在缺少比较深的感受与理解，若勉强作出，岂不更是愧对先生。倒是很想更多了解一点儿先生的经历，特别是中青年时代的经历，如在哪儿上学，在哪儿工作，在京居住有多久，等等。"但如果不是读了叶兆言的文章，先生的经历我至今也还不知道。

拜访先生的次数不多，其中两次是往取赠书。一九九二年十月三十日日记：

> 午后访王泗原先生，先生以开明版《闻一多集》一部持赠。此集本为精装，后来散掉，先生遂请出版社重新装订为平装。拿给我的时候，是一个方方的报纸包，报纸日期为一九七一年，则二十一年间从未打开。还有一包《缘督庐日记》，同样用的是报纸，日期是一九七八年，并附着叶圣陶先生写在日历纸上的一个便笺，云"送还王泗原先生"，也是从那以后，就再未拆开过。先生说，这一部也是准备送我的，只是因为其中有两处提到他的父亲，所以要抄下来。他的父亲曾为广东学台的幕僚，与叶昌炽同事，当时同在一起的还有江标，与江标则过从更多一些，后江标作湖南学台，还曾驰书聘请先生的父亲作幕僚，

江未满任，即调京。

先生说：把值得送的书送给爱书的人，对于书来说，是得其所哉。又说：算上这一次，我一共来过四次，而每一次是什么情况，都记得清清楚楚。

坐谈两个半小时而别。

几个月以后，《缘督庐日记》也送给我了。一九九三年二月四日日记：

访王泗原先生。先生以叶鞠裳《缘督庐日记》一部持赠。

先生说的我一共来过四次，是不错的。一九九一年一月十一日，即初次见面后的第三天，日记中写道：

再访王先生。与我谈起看戏的经历，他说，有一位叫作李翔的旦角，唱功做功都极好，演《失子惊疯》一场，尤见眼神和腰腿的功夫（曾得过尚小云的亲授），却一直受压，票价始终提不上去，先生每为此不平，故只要上演李翔的戏，他必是场场去看（当然是坐第一排）。但李翔终于是被迫转业了，——久不见其出演，多方打听，才得知。还有一位李冬梅，也是同样的情况。

说起《例释》，先生说：古语文（汉以前）无不合乎语法，原因是当时文白不分，故做文章也就是说话，在表达上必得合乎当时当地的语言习惯。文白分家之后秉笔为文者欲摹古人的作文法，而又未能细细揣摩文法（本也无有成文的"语法"），因不免常有欠通之处。

又同年六月十八日日记：

访王泗原先生，送去在成都为之购下的浆糊两瓶。目前他正在为其乡贤（江西安福人）整理著作，进行中的是刘铎之女刘淑的《个山集》，精楷誊抄，加注，一丝不苟。

剧谈半日，犹觉话未说尽。

近年每忆及泗原先生，总是"犹觉话未说尽"的感觉。张爱玲说"一点都不觉得这其间三十年的时间过去了"，来自玉谿生诗的"惘然"之感何其相似，虽然时间还没有那样长。但更深的伤感是这些在自己问学途中留下重要印记的人，倏忽间都不在了。

（初刊于《东方早报·上海书评》
二○一○年七月二十五日）

萝蕤师

——《读书》十年日记摘抄

一九八六年至一九九六年，我在《读书》十年，主要负责有关西书的书评，西书中，又以外国文学为主，因此联系的作者多是这一方面的专家。虽然有时组稿未成，不过联系依然保持了很久，萝蕤师便是其中的一位。

称作"萝蕤师"，其实不很妥当，因为我并没有作为入室弟子的荣幸，但初次见面即以"赵老师"相称，写信则是"萝蕤师"，日记中的称谓也多是如此。今从《读书》十年的日记中检出相关的纪事，也便一仍其旧。

萝蕤师住在距离宽街路口不远处的一个独门独院，整个院子前几年在一片呼吁保护的声音中强行拆掉了。当年院子里的一溜儿北房住着萝蕤师的弟弟，我最初拜访的时候，师是住着三小间西屋。八六年年末，我收到萝蕤师寄下的一张贺年片，上下款之外，只有"欢迎你来坐谈"简简单单六个字，现在想起来，这应该是在接到我求见的信之后，因为我们的第一次见面已经是一九八七年了。

一九八七年

二月七日（六）

上午和老沈一起去北大访朱龙华，去北外访许国璋，为《读书》百期的纪念文集约稿。两位先生皆很痛快的应承了。

午后访绿原，仍为约稿事，也很顺利。

嗣后访赵萝蕤，请她为《读书》写稿。

六月廿七日（六）

前日接赵萝蕤老师信，云近日患眼疾，今特去拜望。

原是由脑血管硬化引起的，目今左眼视力仅止0.02，右眼好时0.7，不好时0.4，医嘱好生保养，不可劳累。

一起聊了近两个小时。

赵师平生所恶乃争名逐利之徒和庸俗之市侩，她一生孜孜矻矻，勤于学业，并不曾有丝毫求名利，倾心于教学，而鲜有著述，译作止有四：《荒原》，《朗费罗诗选》，亨利·詹姆斯的小说两篇：《黛茜·密勒》和《丛林猛兽》，近年则几乎倾全力于《草叶集》。

"我是科班出身，也许正是因为我受过的教育是非常系统的，所以培养了尊重科学的精神和实事求是的态度，我主张翻译是'无我'的，'我'，只体现在智慧、才学、理解力，而不能作为意志强加于原著。傅雷先生的翻译是受到称赞的，但他笔下的巴尔扎克不是巴尔扎克，而是傅雷自己。"

"你没有受过正规教育，但自学使你有思想，头脑很清楚，而且没有世俗气，说话从来不打官腔，所以我以为我们两个竟是很投合的，很愿意和你一起聊，我同别人是很少谈工作以外的事情的。"

她还和我讲起一个有趣的人："我平生是从不走后门办事的，也没有后门，只有一个例外，就是认识协和医院的一位大夫。他人很老实，热情，坦率，有时还有点天真气，就是庸俗得让人受不了。"他会提出这样的问题："赵先生，我们认识这么多年了，你该请我吃一顿饭呀。"甚至毫不客气的把摆在赵师面前的菜端过来吃光。又屡次请赵师写信往美国为他联系留学事宜。

九月廿三日（三）

到编辑部。接赵萝菇信，其中言道："读了你的《读〈黛茜·密勒〉》，写得很好，比你前寄我的一文写得深得多。最难能可贵的是你读通了这两篇不大容易读通的小说，前者和后者具有同样水平，正如我已经说过，我译《丛林猛兽》时感到可能知音难遇，想不到这'并非专家'，却比许多'专家'更有识见。衷心感谢你。我没有多少时间，今后我要多翻翻《读书》这个杂志。"

一九八八年

二月七日（日）

上午到王世襄先生家，请他找几幅图，以配置于王毅为《明式家具珍赏》所写的书评中。

又往赵萝菇老师家送《读书》第一期样书。她非常热情，一再挽留我多坐一会儿，因告诉我，近来心境很有些异样，不久前一位友人对她说：你无儿无女，晚年堪伤，日下身子骨尚硬朗，一切可自己料理，一旦生出什么病症，行止不便，当作何处？听罢此言，很受震动。

赵老师现与其弟同居一院，弟弟一家也是"牛衣对泣"，膝下并无子嗣，如此，只是三老了，年龄一般上下，谁也顾不了谁。

六月廿二日（三）

访萝蕤师，她对我讲起不久前参加了父亲赵紫宸先生百年诞辰纪念，由此勾起许多回忆。她说她是父亲最疼爱的孩子，小时常常陪父亲一起散步。又给我紫宸先生诗集《玻璃声》中写给她的一诗一词，其中一首《沁园春·题萝蕤师友册》道：

为汝题笺，有两三言，记取在心：看云寰寥廓，人生奥秘，无穷美丑，尽是经纶；饱挹朝霞，闲餐沆瀣，宇宙庄严持此身。青年志，要思超万象，笔扫千人。　能真禀度贞醇，处浊世独高不染尘。念益友堪导，良师易得，弦歌继永，缃帖横陈；史续班门，经传伏女，女子而今不效颦。论诗句，更吾家雏凤，回响清新。

她并且告诉说，自己的名字，也是父亲起的，典出李白《古风·四十四》："绿萝纷葳蕤，缭绕松柏枝。"不过这给她一生带来了无数的烦恼：凡需使用名字的地方，都需要费上多少唇舌。

她的母亲是一位没有文化的家庭妇女，与父亲一起生活了七十年，是典型的中国式的贤妻良母。

一九九〇年

五月八日（二）

为赵萝蕤老师做生日（五月九日，一九一二年）。由她提议，往东四肯德基炸鸡店吃快餐，这里卫生，清静，费资亦不多（22元）。先骑车到她家，然后一起坐车。回来取了车，再往编辑部。

一九九一年

四月十五日（一）

往编辑部。

访赵萝蕤。自去年为她做生日，至今，已将近一年未见了，此间她曾到美国访问了三个月。

进门时，她正在读第三期赵一凡谈《围城》的文章，便问起她是否读过《围城》。答曰：《围城》是早就看过的，但对书中所描写种种，并不熟悉。她说，我和钱是清华研究院时的同学（钱比她低一班），和他的夫人也挺熟，他们的婚礼是在杨绛家举行的。杨家有一个很大很大的院子，婚事在一文堂中举办（一文堂，得名由来大约是一文钱一文钱集资修建的）。当时只邀了些亲戚，我们夫妇却参加了，是很少的几位朋友中的一对，因恰好在南方的缘故。我和钱的生活圈子不同，他是有生活阅历的，而我却没有。以后的几十年，我们几乎再没有来往，形同路人。

萝蕤师又告诉我，她八岁才上学，但一连跳了好几级，最后从初

一一下子跳到高二 —— 本来可以直接跳到高三的，但她的父亲不允许，说她太小了。但这一下却受了苦：数理化全不行。于是一年中抛开其他功课不念，专攻数学，才考了个60分，总算及格。她上大学时才十六岁，是靠语言能力拔尖的。

五月四日（六）

访赵萝蕤老师。她告诉我，四月二十七号北大为五位七十九岁的老教授做寿，用汽车把她接去，先是丰盛的茶点，继而丰盛的午宴（在留学生食堂，每人35元的标准）。"都是我爱吃的！ 有炒虾仁、炸大虾、香酥鸡⋯⋯"最后每人一个大蛋糕。

谈起清华研究院的老同学田德望先生，她说，我特别喜欢的一个人就是他，喜欢他的为人，也喜欢他的译文。当年她读研究生的时候，田是本科生，他们同选了《神曲》这门课。而选学这门课的，只有他们两个人。教课的老师是英国人，使用的课本是英、意对照的。

十月十三日（日）

访赵萝蕤师。今日她谈兴颇浓，讲了许多早年的经历，还送了一张她与陈梦家的合影。照片上的萝蕤师是一位苗条韶秀且略含几分羞涩的少女，而从今天的苍老面容上，已经一点儿都见不到昔日的影子了（几个月没见，她好像老了许多）。

十二月廿一日（六）

畅安先生看到《读书周报》所载《别一种情缘》，很是高兴。我告诉他，我只会讲些外行话。但他说，前不久遇赵萝蕤师，赵云，我不

赵萝蕤老师所赠照片

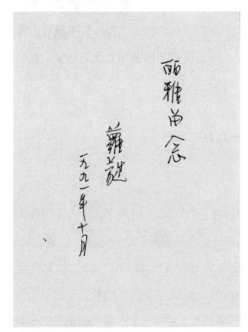

赵萝蕤老师所赠照片（背面）

懂外语，但讲的话还很内行，倒是某先生总说些外行话。赵师此处系指我为其译作《黛茜·密勒》所为之书评，那正是与她结识的开始。

十二月廿八日（六）

访赵萝蕤师（送去一本挂历）。九点多钟了，刚刚吃早餐（牛奶、鸡蛋、饼干抹花生酱）。看见我很高兴，马上拿出一盒明式家具图片相赠。这是一位美国人搞的，他正准备在加州建一座明代家具馆。她说："本来也舍不得送你的，因为我只有三盒，可昨天王世襄来拿了六盒，所以可以送你了。"又说起近来对某某的宣传大令人反感，"我只读了他的两本书，就可以下结论说，他从骨子里渗透的都是英国十八世纪文学的冷嘲热讽。十七世纪如莎士比亚那样的博大精深他没有，十九世纪如拜伦雪莱那样的浪漫，那样的放浪无羁，他也没有，那种搞冷门也令人讨厌，小家子气。以前我总对我爱人说，看书就要看伟大的书，人的精力只有那么多，何必浪费在那些不入流的作品，耍小聪明，最没意思。"

一九九二年

三月二日（一）

访赵萝蕤师。她兴奋地告诉我，《草叶集》出版了，今日刚刚收到样书。又给我看单三娅为她写的一篇专访（刊《文学报》）。由是方知，她早年竟是写过不少诗的。问今尚有存否？答曰："文革"抄家时全部被毁弃了。多数是从未发表过的。少数几首刊在杨刚主编的《大公报·文艺》和宗白华主编的《时事新报·学灯》上。阎纯德主编的《她们的抒情诗》曾收录了她的三首诗。因假得此编，将诗录下：

中秋月有华

今天我看见月亮，
多半是假的，
何以这样圆，
圆得无一弯棱角。

何以这圆满，
却并不流出来，
在含蕴的端详中，
宛如慈悲女佛。

岂不是月外月
月外还有一道光，
万般的灿烂
还是圆满的月亮。

静静的我望着，
实在分不出真假，
我越往真里想，
越觉得是假。

（选自《新诗》一九三六年第二期）

北　平

北平的白天是严肃的，
北平的黑夜是静穆的，
北平没有大海，
北平的巨浪是看不见的。

也有秋天蟋蟀儿低鸣，
夏天的池塘不缺少吅蛙，
冬日的白天像夜一样淡泊，
但北平永远是看不见的。

就是西山的霞霓，戒坛的秋枫
圆明园的苇干，北海的白塔，
和玉泉山的水清得见底，
也完完全全是看不见的。

北平的大海是看不见的，
他的波涛永远是静穆的，
望那最远最宽最大的大海，
限制永远是看不见的。

（一九三八年十月）

苗　女

苗家女郎和氏的玉，
花酒衣裳真璨斓，
银簪蓝包头裹住的璞。

肩上背着山里的柴，
野地的麋鹿扎住了腿，
把你的美丽上街来卖。

你对我看，何等羡慕，
你有我没有，我有你没有，
咱们是各想各心照不宣。

（一九三八年十月）

赵师说，这是在云南西南联大时所见。

三月廿七日（五）

访萝蕤师（持陆灏交下的《草叶集》，请她签名）。恰好座中有客，不便久留，匆匆辞去。正好她们在品尝一盒台湾产"凤梨酥"，便请我吃了一袋。包装的设计很古雅，内装两小方。入口软糯，异香满口，好吃极了。

五月九日（六）

今是萝蕤师八十寿诞。请她到新开业的麦当劳吃汉堡包（巨无霸，

8.50元一个）。又吃了一份菠萝冰激凌（4.50元一份）。但她说这里的冰激凌不及国际快餐城的冰激凌好，她要请我吃一份。于是从王府井南口一直走到北口，在快餐厅又各吃一份"美国迪克冰激凌"（每份5.00元）。

问起她年轻时的一些事情。她说在大学中，她是同年级中最小的一个。王世襄、萧乾等，年岁都比她大，但班级都低于她。那时她的外号叫林黛玉，有许多追求者呢。但她却追求了陈梦家。"为什么？是不是喜欢他的诗？""不不不，我最讨厌他的诗。""那为了什么呢？""因为他长得漂亮。"

陈梦家十分活跃，赵却不。所以至今人们提到赵萝蕤，前面总要加一句"陈梦家的夫人"。"他的知名度比我高得多"。

她还告诉说，"我对学生们很严厉，他们都怕我。我一共带过四个博士生，有两个给了他们不及格。"

想起前番去看望她，正是清明过后不久。她说，每年清明，我要祭奠两个人，一个是梦家，一个是我的父亲。梦家死时连骨灰也没有留下，所以我只能是在心里悼念一番。

一九九三年

五月七日（五）

往编辑部。处理校样。

午间如约往萝蕤师处，为她做寿。本来讲定一起去东四吃肯德基的，但看看风大，便先买好两份携往。萝蕤师极高兴，连说这个主意想得好。她前些时花两万六千元装修了房子（原是父母亲住的，多年未启用），居室内布置一新。明式家具及若许老古董都见了天日。迎面右边的墙上，就挂着汉瓦。卧室门楣上，则是一幅明人张路的山水。工作间兼书房的书架上，是古陶片、汉代铜镜、薄胎漆器等。又给我看了一部明版《三保太监下西洋》，上面有康生的题字和名印。—— 是"文革"时被抄去，后又发还的。康生所题略为：刻得甚佳，图亦不恶，惟内容实劣。

庭院中，数丛高大的月季"树"，是当年萝蕤师父母手植，多年来不曾剪枝，所以长得高齐屋檐。北屋门前的一丛，已开满了红的黄的花。

盘桓近两小时，辞出。回到编辑部，继续弄校样。

一九九四年

五月九日（一）

往编辑部。

到肯德基买了快餐，往萝蕤师家。一庭月季，高大如树，累累繁枝，花事正盛，浅粉、深红、杏黄、牙黄，粉、白交叠，一片灿烂。一株核桃，树荫压了半个院子，月季花边，又是一大蓬白蔷薇。

一九九五年

五月九日（二）

十天前给萝蕤师写了一封信，约定今日午间为她做生日，及至到了赵府，见满满一屋子人，才知道这封信没收到，只好改作晚间。

五点钟到肯德基买了四份炸鸡（90元），再往赵府，一会儿，陆灏、郑逸文捧了一束鲜花来了，先吃生日蛋糕，再吃炸鸡，七点半辞去。

萝蕤师说，最近刚到银行取了一笔五万元定期三年的存款利息，结果得两万七千元，真是意外，"我的钱多得不知道怎么花啊，卖房子卖了七十万块，每个月工资还有一千多，《草叶集》翻译了十二年，稿费千字十二块，寄了我一万五，取的时候，我就直接寄了一万块给我的堂妹，因她在德清老家要翻修房子。"现在还有四十八件明式家具，可以卖一百万美金。"陈梦家藏过八件明代的刺绣，四件是春耕，四件是秋收，抄家抄走了，后来也没退还。"不知道是不是顾绣？

一九九七年

五月八日（四）

到东四麦当劳购得两份快餐，往访萝蕤师，是一年一度的祝寿。依然满院盛开月季花。屋子里的陈设也一点儿没有变。赵老师去年右眼摘除了白内障，视力已恢复到0.7。以近日出版的《我的读书生涯》一册持赠。以《陈梦家诗全编》一册相示，说起其中一首《唐朝的微笑》，道："这是写给孙多慈的，梦家认识她，在我之前。孙是徐悲鸿的学生，端庄，漂亮，又特别有才华。可那时候她疯狂爱上了她的老师，而徐悲鸿早和廖静文结婚了。当然一切都不可能。""后来孙听到徐去世的消息，当场昏倒。"问"陈先生有没有写给您的诗？""没有。""为什么？""不是说结婚是爱情的坟墓吗？"辞出时，送到门口，说："明年见！"

一九九八年

一月七日（二）

一清早，接到赵萝蕤治丧委员会寄来的讣告，大吃一惊。月前赵老师尚有电话来，说准备与人合作，翻译亨利·詹姆斯的一部中篇小说集，于是和老沈说了，马上同意收入万有文库。去年五月八日往访祝寿，仍见她精神矍铄，辞别时还高高兴兴地说："明年见！"谁想突然间天人永隔，这三个字竟成永诀。

（初刊于《东方早报·上海书评》

二〇一一年五月八日）

关于南星先生

　　海豚出版社近期推出的"海豚书馆"系列中收入南星《甘雨胡同六号》一小册，这是我早就听说但始终没有读到的一本书。

　　二十多年前曾与作者有过不多的交往，以后又做了译著《女杰书简》的责编，还写过一则短文《诗人南星》，发表在《文汇读书周报》（一九九一年七月二十七日），署名"雯子"。小文中写道："已经好久没有见到诗人。'乙夜青灯之下'，《松堂集》中的文字常会悄悄浸漫在灯影下：'夜了。有一个不很亮的灯，一只多年的椅子，当我一个人挨近灯光的时候，我的客人就从容地来了，常常是那长身子的黑色小虫。它不出一声地落在我的眼前，我低下头审视着，它有两条细长的触角，翅合在身上，似乎极其老实不会飞的样子。我伸出一个手指，觉得那头与身子都是坚硬的，尤其是头，当它高高地抬起又用力放下去时就有一种几乎可以说是清脆的声音。如若用手指按住它的身子，它就要急敲了，我不愿意做这事。但不留住它，它会很快飞到别处，让我有一点轻微的眷恋。'如爱德华兹的《飞蜘蛛》，如富兰克林的《蜉蝣》，而更清，更纯。没有哲理的阐发，不寓道德的训诫，也并非科学的观察，只是一种生命与生命的交流，灵性与灵性的沟通。从琐屑、细微、无谓的生活场景中感受到纯真的情趣，那是一颗诗人的心。嫩绿的豆荚上，细软的轻尘里，杂沓的市声中，心对'物'的发现，便是诗人的境界了。这境界是宁静的，却不由清心寡欲而换得；这境界是热烈的，却不因世俗的欲望而鼓荡。""在一本诗集的引言中，诗人写道：'这些梦到现在已经是古老的而且离这世界一天比一天遥远，记录它们的纸页也残破生霉，不过假如有所记忆不算是犯罪，在我的寒冷艰辛的生活中偶有几分钟休息的时候，它们就像完全褪色的古画一样回到心思里来。……当然是没有用的了，因为这个时代命令人类保留着肉体而忘记灵魂，这一本小书印出来又是一个过失，幸而印数极少，天地广大，散碎的黄叶不久便片片飞尽了。'半个世纪之后，这话似乎不幸而言中。诗人早年那些'词句清丽，情致缠绵'的文集、诗集，是否还会重印？而沉默多年之后，诗人的名字是否会被世人遗忘？这些，我都不能知道。但生活中会真的没有诗么，——假如人类尚未忘记灵魂？即使那古老的逝去的梦已不可追回，人总还是要做新的梦吧。"

又是十九年过去了，诗人早归道山。然而"诗人南星"却未被遗忘。《甘雨胡同六号》卷前有陈子善所作《出版说明》，其中转录了作者自己撰写的一份简历，陈文又稍事补充和修正，且于先生之著述有画龙点睛的评论。诗人一生事迹，已大略在此。今检点旧日记，录出与南星先生交往始末及相关的人与事之点滴，似可作为《出版说明》中未曾涉及的作者晚年境况的一点赘语。至于书信中对受信人的揄扬之辞，原是照例的客气，只是先生尤为谦和而更令人惭惶和感念。

一九八七年

十月十九日（一）

一日风犹未止。

八点半赶到北大门口，候李庆西至，一起往金克木先生寓所。

李与金谈稿，我便去访张中行先生。

老两口刚刚摆下早饭，两杯牛奶，小碟上数枚点心：广东枣泥、自来红和大顺斋糖火烧。

张先生从相貌到谈吐，令人一看就是典型的老北京，当然居室的气氛也是北京味的。

《负暄琐话》书出，在老一辈学者中反响不小，先生给我看了启功先生的手札两通，是两天之内相继付邮的。第一通乃书于荣宝斋水印信笺上，字极清峻，言辞诙谐，备极夜读此书之慨。其后一封言第二夜复又重读一过，心更难平。

请先生在我辗转购得的《负暄琐话》上留墨，乃命笔而题曰："赵永晖女士枉驾寒斋持此书嘱题字随手涂抹愧对相知之雅不敢方命谨书数字乞指正"，又钤一方"痴人说梦"印（此印系专为此书而制）。

与我谈及先生之挚友杜南星，欣慕之情溢于言表。道他乃极聪慧之人，不仅是诗人，而且就镇日生活于诗境之中。并说，世有三种人：其一为无诗亦不知诗者，即浑浑噩噩之芸芸众生；其二为知诗而未入诗者，此即有追求而未能免俗之士；其三则是化入诗中者。而杜氏南星，诚属此世之未可多得的第三境界中人。

拜别之时，又执意相送至楼下寓外。

到金寓与李庆西会合，同归。

十月廿四日（六）

得杜南星先生复函，略云：

永晖先生：

得手札，甚欣忭。先生文笔，跌宕多姿，华彩缤纷，而恳挚之情，跃然纸上；复不惮风霜，拟予临寒舍；当洒扫庭园，诵"我有嘉宾，鼓瑟吹笙"之句，以迎车驾。与君一席话，胜读十年书，其乐如何！

因忆及金先生所云与杜之结识经过：金的一位朋友办了一份小报，金为副刊专栏撰稿人。一日，金往游，见字纸篓内有一迭装订成册的稿件，拾而识之，乃杜南星与友朋之往来书札，誊抄后作稿件投，意欲售之，又见落款处有"北大东斋"字样，遂知此为男性（东斋乃男生宿舍）。金见其文笔尚好，只是错投，——以副刊之区区半纸，何能刊此长文。于是揣起，后得便转托他人交还杜。

时与杜同宿一寓者为庞景仁。庞的脾气有些怪，不喜与人交往。初，每见金来，便起而去，盖厌之矣。某日，慢行一步，偶得金之数言，恍悟此非俗人，自此订交。今庞已成故人，提起这一段旧事，更有不胜唏嘘之感。

十月廿七日（二）

晨往东直门长途汽车站，九点钟乘上直发怀柔的车，十点二十到达。

县城建设得很是漂亮，道路平展宽阔洁净，两旁多布草坪绿地，影剧院、百货公司及政府机关皆为簇新的楼房，街上行人很少。

穿西大街，过府前街，拐上北大街，此已为城边，而北大街十号的杜宅则将及街的尽头了。

两扇朱红小门半掩着，进得门来，便是一所小小的院落，未有渊明之菊，不见林公之梅，耳畔倒闻得清清爽爽的剁菜声。左手一溜瓦房，透过明净的玻璃窗，见一老者正临案挥毫，心知这是杜先生了。

房门开在尽头，一位小伙子迎上来，猜想这是杜公子，而砧案前的老妪则杜氏夫人无疑。

杜氏夫妇居两间，外屋举炊、就餐，内室作起居之用。房间极宽敞，家具又极简单，不过一床、一柜、一案并一小小的书架，真朴之极，净之极。

杜先生一望便知乃一忠厚长者，谦和、诚笃、善良，但却不擅言辞，碰巧我也是个口拙的，自然交谈就不热烈。不过此行的目的还是达到了，——我请他为《读书》写文章（谈英国散文），他爽快答应，但苦于手边没有书。便请他开了书单，准备再找张中行先生帮忙。

聊了半个小时，起身告辞，全家人真诚留饭，以有约婉谢，主人也就不再勉强，相送至宅外，又伫望良久。

一点半归家。

十一月十六日（一）

收到南星先生的来信，开首几句挺有意思：如一斋主先生，风笛过四山，黄叶飘三径，得惠赐手迹一纸，为之欢欣雀跃。先生法书，堂庑广大，力透纸背，仇诗亦楚楚有致，珠联璧合，沁人心脾，谢谢（"仇诗"，即日前书寄之仇仁近《闲居杂咏》诗）。

十二月二日（三）

张中行先生电话相邀，遂往访，商讨关于南星先生译事之种种。

十二月五日（六）

往怀柔访南星先生。

先生近日偶感风寒，正卧病在床。此番主要是为送书，略坐片刻便告辞了。夫妇一起留饭，婉谢。先生似甚不过意，说："我该怎样感谢你呢。"

十二月十一日（五）

访张中行先生，商讨译事。

接南星先生复函，乃小诗一首，《谢赠·答如一斋主先生》：佳句如佳宾，翩然入茅舍。新诗发异香，芝兰盈陋室。殷殷问餐食，眷眷语霜露。何当对村醪，共话读书趣。

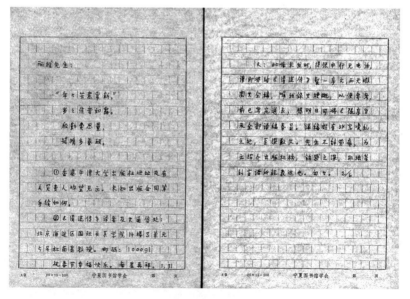

南星先生来书

一九八八年

三月五日（六）

连日大风不止，今日复如是。

骑车往北大，给陈平原送书、送邮票，到金先生处取稿，在张中行先生那里借得南星的诗集和散文集。

《三月·四月·五月》是诗集，"引言"中写道：

不知多少年以前了，我住在一个寂寞的庭院里。那一年的春天说来奇怪，我好像第一次看见树木发芽，阳光美好，那时候的环境允许我有许多梦，甚至有时间把它们记录下来。…… 一九四六年十月末日，南星记。

为南星的《松堂集》写了一篇小稿。

一九九〇年

九月廿七日（四）

往编辑部。

午前到人教社访张中行先生，然后一起往杜南星先生家，—— 怀柔之乡居附近将修路，遂迁至帽儿胡同女儿家中。

南星先生看上去似较前两年又老了许多，老两口住在大院中的一个小院，倒也还清静。

幸而张先生健谈，否则就要六只眼睛对视而无言了。谈碑帖，谈砚台，谈鉴赏，又说起某先生，"我觉得一个人肚子里有十分，说出八分就行了，像周二先生，读他的东西，就像是一个饱学之人，偶尔向外露了那么一点，可某先生正好相反，是肚子里有十分，却要说出十二分。"

不到一个小时，杜师母就拾掇好了饭菜：红烧鱼、摊黄菜、菠菜丸子汤和一盘火腿肠，一盘豆制品，张先生一人喝酒，大家吃饭。

一九九一年

五月二日（四）

往国际关系学院招待所访杜南星先生，取《女杰书简》译稿。将近午刻，张中行夫妇也到，一起照了几张像，张提议将《书简》译稿送李赋宁先生处，请其为之作序，杜欣然赞同。

张留饭，婉辞，疾归。

一九九二年

九月十一日（五）中秋

往发行部，为何兆武先生购《读书》第八期三十本；领《女杰书简》样书，又到朝内去邮寄。

阴一日，黄昏雨。是一个无月的中秋。

（初刊于《东方早报·上海书评》

二〇一一年一月九日）

尽情灯火走轻车

六月初二，侵晨起身，看到昨晚友人发来的短信，知道金性尧先生以九十一岁高龄辞世。

与先生的相识大约在上世纪八十年代末。印象中是读了《古今》，很喜欢其中署名"文载道"的文史随笔。但近几十年的出版物中似乎再见不到这个名字，因猜测这位作者很可能早已不在了。不记得是哪一位长者告诉说："文载道还健在啊，就是金性尧。"于是便认识了，且通讯往来近二十年。九六年以前，先生是《读书》的作者，虽然发表的文章并不很多。我离开《读书》之后，与绝大多数的作者都渐渐断了联系，先生则是很少几位始终保持来往的师长之一。有新著问世，总会寄我一册，——最后一册赠书得自去岁仲秋，是由先生的女公子携来，便是《三国谈心录》的大陆版，扉页上一如既往有着先生的亲笔题赠。问起近况，说是"还好"。不敢再问是否还能读书，而心里知道，不能读书，对先生来说，生之乐趣也就没有了。

先生一生写下的文字，大约数量最多的便是文史随笔，或曰文史小品也可。一贯的风格是平实而质厚，不事雕琢，而有蕴藉。正如早年的笔名"文载道"，先生的文史随笔始终萦绕着对世情的关注，虽是尽由读史而来，隐而不显。其实读史每每会从中读出"今"来，但要融知与识于一炉而以蕴藉出之，却不能不靠积累，积累而复久酿，方有其厚。《饮河录》付梓，先生命我作序，再三"抗命"而不果，因草得短跋，其中写道："先生之文，不以文采胜，亦非以材料见长，最教人喜欢的是平和与通达。见解新奇，固亦文章之好，但总以偶然得之为妙；平和通达却是文章的气象，要须磨砺功夫，乃成境界，其实是极难的。"这的确是我的真实感受。而先生"三百首"系列的特具赏鉴之眼，感悟之外，也还应该说是得自深厚的文史修养。记得是在九十年代末，我的一则短文"荔枝故事"刊于《解放日报》，其时是当作文史小品来写的，先生说读后很有些失望。我因此想到先生心中于文史随笔该是悬了一个很高的标准，而我竟为自己定得低了。

很荣幸也很惭愧，先生总把我视作文章知己。在一封信中他曾特别谈及我们的"共同特点"，曰："自学出身，无名师益友。聪明，有才气。这是王任叔在我二十三岁时给的评语。我们的文章，也可说毫无意义，但有才气这一点是很显明的。……厌凡庸，厌头巾，厌婆子嚼舌。有审美力，感情质，无理论基础。喜博览，爱书如命，手不释卷。喜收藏，近于贪婪，几日不到书店，茫茫然如有所失。但我因怕出门，买书受到限制。古的今的都喜读，但偏重于古。对学问穷根追底，一篇一二千字小文必遍阅资料，准备时间多于写作时间。"这里应该把我排除掉，那么这是"夫子自道"了。读书，爱书，写书，这是作者的乐趣，也是留给读者的乐趣，它不随着生命的逝去而消散，反而教人因此从生命的无端来去中看到某种永恒。

我一向怕写悼念文字，尤其在尚不能跳出悲哀而从容思索的时候，实在是惟有此际才最感到文字的无能与无力。展开数十通来书，看到上一个犬豚交替之除夕先生写下的一首诗，末联有走出苦痛经历的超然，也可以说是晚年情境的自况，因谨录此作结："鬓云鬓雾若新梳，漏泄春光柳渐舒（用杜公"漏泄春光有柳条"句）。顾我一身唯有影，驱寒万计不如书。犬豚中夜方相接，天地明朝又授初。已过艰危馀事了，尽情灯火走轻车。"

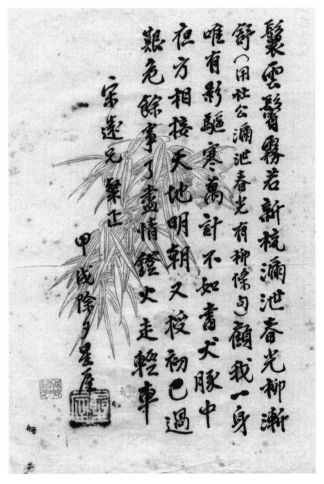

金性尧先生手书

沈从集今颇易得惟此为商务初版
去今适一甲子姑刘爱以虎耩枰襐
丙子春正
印为栾樊生妾刀

27428
027428

金性尧先生赠《湘行散记》

（初刊于《新京报》二〇〇七年七月二十四日）

"应折柔条过千尺"

—— 送别杨成凯

一夜不能成眠。二十多年交往，点点滴滴，漫无次序乱絮一般堆叠在眼前。不是骤然的瞬间之恸，而是缓缓的浸蚀之痛。

不论年龄还是学问，于杨成凯我都应该尊一声"老师"，但是自结识之日起便是直呼其名，从此数年未改，也就不再改。

与杨成凯初识于一九九〇年，—— 如果不是有日记，大约不会记得这么清楚：当年的二月九日日记中写道："日前范景中过访，道及其挚友杨成凯乃一聪明绝顶之人，数学、象棋、版本校雠，诗词戏剧，无所不能，无所不精，且记忆力绝强，可同时与十人对盲棋，乃惊为天人，实欲拉拢来为《读书》作者，次日付书，今得电话，谈甚洽。"第一次见面，便是在他供职的语言所，一见定交。

果然如范景中所说，杨成凯是一"聪明绝顶之人"，记忆力尤其好，听他讲某某书的版本源流如同听故事一般，而他脑子里却是装着无数的书故事。听多了，也渐渐生出兴趣，于是每周一次约在琉璃厂书店看书和买书。记得有一回在店里看到两部《书舶庸谭》，其一是四卷本，其一是九卷本，前者的标价高于后者。杨成凯一再提示我买四卷本，我很奇怪，可他又不明白说出道理，因此我还是买了九卷本。

以后才知道两个本子的差别，但错失者也就此错失掉了。一九九一年，杨成凯提出与我合作一部《唐宋词籍版本考》，我觉得这个提议挺有诱惑力，但是彼此间的差距太大了，即便他在原地踏步，我跑步前行，也还是难以望其项背。因此知难而退，最终是以写了几篇小文章而告结束。这几年的大概情形，曾写在小书《无计花间住》的后记里：

九十年代开始稍稍集中于词集和目录版本，这是因为有一位挚友林夕兄领路的缘故。有很长一段时间，每周四的下午相约于琉璃厂古旧书部，看他从架上信手拈出一册，听他随口讲出许多相关的故实。有疑，则每每小叩而大鸣，我因此东鳞西爪略略识得些皮毛。或自以为读书有得，便草成几行文字。本书中的第一组，即是这一类。那时候常去查找资料的地方是北图设在文津街的分馆。高敞的殿堂里，稀稀落落三五人，填好索书单，书取来总是很快的。捻亮桌上的台灯，展卷而读，舒适而安静。至于读哪些书，多半是按照林夕兄的指点，因此没有漫无头绪之虞，而往往开卷有益。九五年以后兴趣转移，问学于林夕兄时的所得逐渐淡忘，所存不过一点读书的记忆而已，打个比方说，当年曾经一脚跨入殿堂门里，但另一只脚却至今尚在门外，因此对于这一部分文字，修改、增补皆无可能。姑且以"花间"用为词的代指，则《淮海词》之"无计花间住"，正可以算作实况。

一九九五年起师从遇安师研究名物，依然常会遇到古籍版本问题，照例随时打电话向杨成凯求教，照例都能得到指点。只是他退休之后，很少再来所里，自然就没有了顺道至敝寓聊天的方便，因此难得见面了。通电话时，常听他说腿的情况很不好，行动都有困难。以他以往的健硕来揣度，总觉得不至于有怎样的严重。直到二○一一年十二月参加文津雕版博物馆举办的《闲闲书室读书记》《北大燕南园的大师们》首发式，同日杨成凯在文津讲坛讲演，听他的声音仍然很宏亮，但从台上走下来却是要人搀扶，有点抬不起脚的样子，方才吃惊：怎么一下子会成这样了呢。其时周围人很多，不及接谈，将一册《无计花间住》塞到他的书包里，便匆匆别去。

二○一三年四月廿二日，接到陈颖电话，说杨成凯已在协和住院二十天，诊断出胰腺有问题。医生说手术恐怕不是最佳方案，先保守治疗试一试，因此后天就出院了。于是赶往病房。看起来精神还好，他说还有好多事没干完，最重要的是三件事：汉语语法基础；《人间词话》的解读；古书版本的若干问题。今年二月，杨成凯终于拿到海豚出版社出版的《人间词话门外谈》，虽然尚只是手工装订出来的样书。五月二号他发来短信说："万万想不到从不服人的周流溪打电话给我那样的好评，我都听呆了。看来门外谈还不是胡说八道，出我意外。"周流溪是他的同门。

最佩服杨成凯关于目录版本之学的精深造诣，但他每每会说："对于我来说，这纯粹属于玩儿，我的正业，我的学术贡献，是语言学。"去年八月二十三号短信："我此生做了许多工作，可惜有的未发表，有的为各种原因被有意无意压下了，至今无人知道，如今想起来时不我与，辗轲不断，此天意，非人也。"今年二月二号短信："我翻了翻我的《汉语语法理论研究》，有此一书足可扬名于世，不枉人间走一遭，如今已经写不出了。""那该好好重印一下啊。""接受意见，列入修订或增订计划。"这一部"三不朽"之一的著述，便是辽宁教育出版社一九九六年出版的《汉语语法理论研究》。而我多次听他说起，

"我的学术思想没有人能够理解，众人皆醉我独醒"。

虽然为本人一向视作"玩儿"，但杨成凯数年倾心于词集收藏，并且颇有精品，这是藏书界中人都很了解的，他也早已有意为自己的闲闲书室藏书编撰书目。去年八月八号短信："友人多次劝刻藏书印，想不起可用之名，闲闲书室闲闲二字重，不好刻。忽想起家师曾说我总在天上飞，不着地，就刻天马行空之室藏书如何？"然而编撰书目一事，却是终究拖延下来。南宋词人张孝祥英年早逝，史曰"孝宗惜之，有用才不尽之叹"。这是古今英才共同的运命么？

二〇一四年一月十八日，杨成凯用短信发来昔日所作《述怀六绝句》："辜负一春万象新，群芳过尽无知音。纷纷俗子翩跹舞，愧向邯郸作后尘。"（之一）"半生飘迹任西东，血气未销情益浓。乘兴钓鳌玩笑事（后改'君莫笑'），唾珠吹落九天风。"（之二）"褒贬神鹰寂寞时，世情冷暖固如斯。宏图大展翱翔日，未必伊人不自失。"（之五）"乘兴钓鳌"，当指恢复高考后的考研一举中第，而他好像中学的时候就休学了，语言学专业之外的学识，全部是靠了自修，包括外语。

严晓星说："他是我这辈子见过最诚恳的人。"我谓此是纯粹的君子人也。绝顶聪明之下，是几分憨，几分迂，是没有一丝掺假的诚挚，正如我景仰爱戴的另一位长者谷林先生。世间成就一位有创造力的学者固然不易，而成就一位这样的学者兼君子，尤为不易。杨成凯以他一贯的认真，做了很多学术工作，而往往署了他人的名字。有的是他自愿，也有的是"被"自愿，但即便属于后者，他也并不以此为意。

退休前，杨成凯每周返所，过敝寓小坐无计数，却是从未喝过一杯水，更不必说吃饭。而二十多年间我们共饭大约不超过三次，两次是多人的饭局，一次则是一九九一年春我往北大访金克木先生，归途经过杨成凯当日寓居的地质学院宿舍，时已近午，他从食堂买来包子，于是和他的公子杨靖一起，共进午餐：三个包子而已。去年九月我生日，杨成凯居然破天荒订了送货上门的蛋糕，于是给他发短信："真没想到你还有这样的浪漫。"他回复道："唉，活到老，学到老吧！"同月廿日，与李航同去为杨成凯祝寿。他将旧年所假甲申刻本《云间三子新诗合稿》一部归还，但借去时是未曾装裱的，现已裱作"金镶玉"，并加了一个函套。杨成凯说："这是琉璃厂的师傅裱的，如今已经找不到会这种装裱的师傅了。"此后，彼此便全部是短信往来。五天前，他发来短信说，"版本的小书本来还想大改一下"，但胡同已经着急拿过去交给朝华出版社了，说是两个月就可以见书。"先要保证质量呢。"回曰："说的是满好。""满好"二字，遂成二十五年交谊的休止符。

清真词中的名篇《兰陵王·柳》，历来有多解，或道己送人，或道人送己，又或解作客中送客，乃缘"望人在天北"之"人"，是己是人难以确指，与杨成凯论词，讨论最多的就是这一首。去岁曾以此词书扇为他祝寿，今晨忍悲复书一过，竟已是"望人在天北"。然而跳出此词阈限，不妨说人人都是世间过客。"望人"之人，非己非人，亦己亦人。如是，此际正合折柳一枝，客中送客。

（初刊于《东方早报·上海书评》

二〇一五年八月二十三日）

以"常识"打底的专深之研究

—— 孙机先生治学散记

"所谓科学方法，一曰不忽细微，一曰善于解剖，一曰必有证据。"

"所谓博学者，谓明白事理多，非记事多也。"

"中国学问有二类，自物理而来者，尽人可通；自心理而来者，终属难通。"

以上是《量守庐学记续编·黄先生语录》中的几段话，把它移用来说明孙机先生的治学，正是很贴切的。

认识先生是在十二年前，—— 王世襄先生给了我电话号码，说：给你介绍一位最好的老师。先是通电话，后是书信来往，很长一段时间之后才见面。见面的日期至今记得很清楚，那时候我还在《读书》编辑部，先生单车驾临，交谈的时间前后不足十分钟，似乎只是一个目的，即送我一本信中索要的《文物丛谈》，而这本书当日在书肆已经买不到了。

在此之前我先已有了先生的《汉代物质文化资料图说》，系友人陆君推荐。挑着读了其中的几节，便觉得实在太好，竟好像得获一部"汉代大百科"。全书一百一十一题涉及了两汉社会生活乃至日常生活的方方面面，比如农业六节，从起土说到收获；纺织六节，从养蚕说到织物品种;又武备六,车七,建筑十四,服饰八,饮食与炊具九,灯二,熏炉二,等等,等等,两汉的考古发现几乎尽皆网罗在内。它虽以"资料"名,然而却并不是丛脞纷纭的一部资料汇编,书中固多综合各家之研究的部分,但更有自家的发明与创获。其中用力最著者,是以实物与文献相结合的办法为各种古器物定名,并且在此过程中揭出人与物的关系,进而见出两汉社会的种种历史风貌。深厚的学养,广博的知识,严谨的学风,严肃的科学态度,使得这里所涉及的各个议题都达到了专精的程度,有的题目甚至抵得一篇专论,比如修订本中增补的漆器篇。因此它又不仅仅是一部囊括汉代百科、足以教人信赖的工具书。

这一部书的准备工作可以说是从七十年代就开始了,那是在江西鲤鱼洲干校时所从事的"地下工作"。书的图版草样先生后来送给了我,原是一百多页的米格纸用穿钉钉起来一个厚厚的本子,每一页安排一个小题的图版,或用笔钩摹,或粘贴剪下来的各种图样,而一一排列得整齐有序。目前它的修订本刚刚由上海古籍出版社推出,规模超出初版五分之一强,图版更换了近一半。从初版的一九九一年至于今,各地汉代考古的新发现经过梳理和考辨悉数补入此中。这一部书所体现的科学精神,用黄侃的话说,正是"一曰不忽细微,一曰善于解剖,一曰必有证据"。

先生不大喜欢被人认作是做服饰史研究的专家,——虽然当年王先生为我找孙先生做老师的时候,原是为了指导我做服饰史研究。记得十几年前他应下过某部通史的舆服志写作,然而最后还是退掉了。这大约与做学问的观念和方法有关。先生首先是一种"问题意识",即特别有着发现问题的敏感（骑车于通衢，先生竟一眼扫见路旁宣传栏中的两行文字“苟利国家生死以，岂因福祸祛避之”，便道：“这是林则徐《赴戍登程口占示家人》中的两句，可是把‘趋’字错成了‘祛’，意思就全错了。”），因此最有解决问题的兴趣。写一部综述式的通史便不能够仅仅从“问题”着眼，而必须面面俱到，当然这样的写作也就没有很多的兴奋点。

《中国古舆服论丛》不是通史式的著作，而是解决问题之作。它初版于一九九三年，很快即以考校之精当、立论之坚实而成为专业领域的一部权威性著作，二〇〇一年所出增订版，更显示了这样一种力量。与初版相同，增订本仍是分作上下两编，上编是关于古舆服制度的单篇论文，除对旧作重新修订之外，又补入以后发表的相关著述。下编《两唐书舆（车）服志校释稿》，其实可以单独成书，不过其中的种种考证本与上编中的论文多有呼应，所采用的研究方法也是一致，因此裒为一编，正好显示一种总体的丰厚。

《论丛》谈车的一组，可作中国古车制度史来读。为出土的古代车马器定名，是细致而繁难的工作，先秦马车的轭靳式系驾法，即在这样的基础上提出，它的重要贡献，更在于以秦始皇陵铜车马的出土，而揭出中国古车曾经有过却久已隐没的光荣。

《两唐书舆（车）服志校释稿》，就形式来看，可以说是旧瓶装新酒，即以传统的形式而灌注全新的内容。对车马服饰各个细节的笺注，短则数百字，长则逾千，几乎每条注文都是一篇图文相辅的考证文章。古已有之的古器物学，更多的是追求其中的古典趣味，今天与田野考古并行的文物研究，当然与之异趣。文物研究不能少却对社会生活中细节的关注，了解与廓清一器一物在历史进程中名称与形制与作用的演变，自然是关键，尽管有时它会显得过于琐细。而若干历史的真实，就隐藏在这平常的生活细节中。

与《汉代物质文化资料图说》相同，传世文献与考古发掘中的实物互为印证，也是《论丛》基本的研究方法，当然也是它最为鲜明的特色。此所谓"二重证据法"，经观堂先生提出之后，颇为学人所重，虽然它今天已经不算新鲜，就服饰研究而言，沈从文先生的著作即早着先鞭，并且有着很好的成绩，但此著毕竟只是粗勾服饰史轮廓，许多专题尚未涉及。所谓"两重证据"，并不是讨巧的方法，而是一项坚苦的作业。文献与实物的互证，最终揭明的不仅仅是一事一物的性质与名称，而是它的背后我们所力求把握的历史事件。

征引宏富，论据严密，考证精审，时有中西两方面的比较而使得视野开阔；虽考校一器一物却不限于一器一物，笔锋所到，便总能纵横捭阖，不断旁及与器物共存的历史场景；还有简练干净的文字，准确清晰的线图，等等，都是《论丛》的出色之处。其中的不少发明和独到的见解，十余年来已被专业领域内的研究者普遍认可和采纳。

最令人钦羡的是先生对中国古代科技史的熟悉和对科技知识的掌握。先生常说，我知道的只不过是常识。然而正是对各个门类之常识的积累而练就了火眼金睛，而可以因此发现人们已是习以为常的谬误，比如与中国四大发明相关的"司南"。

指南针的发明是中国人在科技领域中的伟大创造，但此器究竟出现于何时，却是一个并没有完全解决的问题。目前已知的几项时代明确的文献与实物之证据，仍都属于十一世纪。上世纪五十年代，王振铎先生以《论衡·是应篇》中的"司南之杓，投之于地，其柢指南"

十二个字为依据，做出了“司南”的想象复原。然而它却不是以科学为依据的复原，虽然后来这一件勺形的司南进入了教科书，又作为邮票广为发行。

"王振铎先生根据他的理解制作的'司南'，是在占栻的铜地盘上放置一个有磁性的勺。此勺当以何种材料制作？他说：'司南藉天然磁石琢成之可能性较多。'可是天然磁石的磁矩很小，制作过程中的振动和摩擦更会使它退磁，这是一宗不易克服的困难。王先生于是采用了另两种材料：一种是以钨钢为基体的'人造条形磁铁'，另一种是'天然磁石为云南所产经传磁后而赋磁性者'。汉代根本没有人工磁铁，自不待言；他用的云南产天然磁石也已被放进强磁场里磁化，使其磁矩得以增强。这两种材料均非汉代人所能想见，更不要说实际应用了而后来长期在博物馆里陈列的'司南'中的勺，就是用人工磁铁制作的。""'一九五二年钱临照院士应郭沫若要求做个司南，当作访苏礼品。他找到最好的磁石，请玉工做成精美的勺形，遗憾的是它不能指南。由于磁矩太小，地磁场给它的作用不够克服摩擦力，只得用电磁铁做人工磁化。'郭沫若院长在二十世纪中尚且做不到的事，前三世纪之《韩非子》的时代和公元一世纪之《论衡》的时代中的匠师又如何能够做到？"（《简论司南》《技术史研究十二讲》，北京理工大学出版社二〇〇六年）——这是先生在北京理工大学的一次讲演中谈到的情况。《论衡》中的十六字意义究竟如何，可以先放过不说，司南为磁勺，复原过程所表明它的不能成立，本在常识范围之内，只是因为它关系到中国四大发明之一出现的时间问题，而使人很难正视。

当然早已经有学者注意到这一问题，并且提出质疑。刘秉正《我国古代关于磁现象的发现》、《司南新释》先后发表于《物理通报》（一九五六年第八期）和《东北师范大学学报》（一九八六年第一期）。后来又有一篇《司南是磁勺吗》，收在台湾联经出版社一九九五年出版的《中国科技史论文集》，其中说道："要把磁石加工成能指南的磁勺，确要有意识地'顺其南北极向'磨镂。但在十一世纪指南针发明以前，古文献中从未有过磁石两极以及它的指极性的记述。既没有平面支承的磁石指极性的记述，甚至在讲到最易显示指极性的用线悬挂时，也没提到发现它的指极性。在不知磁石有两极及其指极性的情形下，人们怎能有意识地'顺其南北极向，杓为南极，首为北极'加工成指南的磁勺呢？而且即使古人用线悬可能发现磁石的指极性，比之线悬磁石，磁勺是极难加工的，指极性能也更差些，古人何苦出此下策不线悬磁石用以指南而要制作磁勺呢？"而同样的意见，我初与先生相识的时候，先生就已经不止一次向我说起，只是待正式写成文章刊发出来，已经是二〇〇五年秋（《中国历史文物》二〇〇五年第四期）。这里并没有要特别辨明两位学者提出问题的先后，因为这并不是高难的科技尖端而关系于发明权，具备常识便都可以有这样的怀疑，问题在于具备常识而又能够把它融入自己的专业研究，因此能够始终保持一种科学的态度，并匡谬正俗。收在《寻常的精致》一书中的《豆腐问题》，也是类似的一例。此亦即黄侃所说"所谓博学者，谓明白事理多，非记事多也"。

因为具备了各个门类的常识，先生可以从容出入于很多领域。"中国古车马馆""兵家城""中国古代钢铁冶炼展"等等，这些展览设计以先生的专业来说，都算作"余事"，但却一一做得出色。

摹绘器物图，对于考古专业来说，原也是必修课，只是近年似乎不再那么"常识"。而先生每一本著作的插图至今坚持手自摹绘，并且在这一方面花费的气力一点不比文字写作少。以一幅模糊不清的照片作为底图，而用线条把复杂精细的纹饰钩摹得清晰，如果不是亲自做过，恐怕很难想象得出其中的艰辛。

深锐的洞察力，始终旺盛的求知欲，使先生总能保持着思维的活泼和敏捷，专深之研究而却总能以清明朗澈之风使人豁然，又有不少考证文章竟是旁溢着诗意。前不久北京的尚兄、浙江的郑兄分别谈及先生的学问和文笔，也都有此同感。此即学问之"自物理而来者，尽人可通"。所谓"自物理而来者"，"常识"打底也。

我所说的"常识"，其实是把先生一部至今没有出版的书稿认作常识，——当然这原是先生自己的话。书稿的名字叫作"物原"，还有一个副标题是"中国科学技术及其他文化事物的发明与起源"。它也写作于七十年代，用的是当年流行的一种红色塑料皮作包封的笔记本，三册合为一编，装在一个自制的函套里，总题为"第一部分"。"物原"共设词条五百余，每条字数或数百或千余，并且多有陆续增补之什，末附引用文献约数百种，类如经过整理归类的读书札记，性质则同于一部中国古代科技小百科。"物原"中的不少条目后来都发展为很有分量的专论，那么可以说这是由常识而成就的真知灼见，而这一部手稿也正使我看到了"常识"之积累的奥秘。

十年前，先生曾以《积微居金文说》一册相假，随书附有一函，其中写道："杨树达先生的《积微居金文说》，架上尘封，殆近十年。岁月匆促，杂事纷芜，视先生治学，持之以恒，精益求精，数十年如一日，岂可及哉！展卷略事检寻，仿佛面对故人。回忆史无前例期间，在昌平苹果园中读此书，于会心之处，抚髀叫绝，胸旷神逸，欢欣雀跃，恍若云开雾霁，空山花雨，一身遨游物外，睥睨人寰，不知有汉，无论魏晋矣。但冷静思来，先生之学，寸累铢积，未免既从小处着手，又从小处着眼。欲自此中窥两周之形势，则彷徨迷津，不得其门而入也。夫治学之道，大别可为二宗：一曰专精，二曰通贯。先生之治金文，实际上只是在研究史料，离历史的主线还远着呢。专固然好，但要小中见大，大中见全，政治家所称全局之才，此之谓也。物理学研究微观世界，由分子而原子，而电子，而中子、质子、介子，微得不胜其微，但一下子揭开了物质构造的奥秘，轰隆一声，爆炸了核弹氢弹，整个改变了世界的面貌。文史之学虽难以如此'功利'，但虽不能至，心向往之。"苹果园中的读书境界很教人羡慕，那该是非常年代里一份意外的赐予。小中见大，大中见全，可以说是先生一贯的主张，它也是考据应该达到的一个理想境界。而这一境界，先生真正是达到了。

（初刊于《南方文物》二〇一〇年第三期）

仰观与俯察

近年常有年轻朋友约稿，要我谈谈师从孙机遇安师问学的经历，然而将近二十年的问道岁月，千头万绪，一时想不出从何说起。适逢遇安师新著《仰观集》问世，书中每一篇文章的写作经过我都很清楚，因不妨即由此切入话题。

《仰观集：古文物的欣赏与鉴别》（文物出版社二〇一二年），可以视作一部自选集。精装一厚册，收文三十五篇，举凡陶俑、绘画、服饰、玉器、兵器、饮食器、滇文物、辽文物、龙文物直到古罗马文物，均成专题。就写作时间而言，跨度整整三十年。这里集中了作者数十年学术研究之精华，虽然主题不同，性质不一，却是一以贯之的研究风格，即以文物与文献相互契合的方式，揭示研究对象的起源与演变，以复原岁月侵蚀下模糊乃至消逝了的历史场景。此中有搜冥探赜之深细，亦有穷幽极邈之广远，雍容平易之文，而时挟攻坚折锐之风。考证得出的结论固然令人信服，剀切从容剖肌析理的考证过程，也同样引人入胜。

当年初投遇安师门下，曾以小书《脂麻通鉴》一册作为"温卷"，师虽有鼓励之词，但却特别说道：这些读史杂感只是小聪明；治史，需要的是大智慧。以后步入名物考证之途，在老师的引领下，渐渐入门。"物"中的不知名之器,"文"中的不知形之物,若得两相合榫,名实各安,便欿以为得,而颇有一番发现问题与解决问题的喜悦。师则每云:以考校之功而得名实各安,当然是成绩,但总要使考订之物事密切系连于历史的主线,以小见大,方为佳胜。今读《仰观集》,不免时时想到老师平日的耳提面命,便觉书中多有身体力行的范本,比如《秦代的"箕敛"》一篇。它虽只是一器一物的考校,却因此对接起赋税史和度量衡史中曾经脱落的一环。

所谓"箕敛",语出《史记·张耳陈馀列传》,即陈胜起义后,派武臣略赵地,谓诸县豪杰曰,秦为乱政虐刑,"百姓罢敝,头会箕敛,以供军费"。依旧注,"头会箕敛"乃一项人口税,所纳为谷物。它虽成为后世所痛诋的秦代苛政之一,然而对它的解释却每每不得要领。不少当代学人解"箕敛"之箕为畚箕,所敛之物,为钱。《秦代的"箕敛"》针对这一影响甚广的认识,由字义训诂入手,指出"畚箕"一词非秦汉文献中用语,而畚之本义为笼状容器,实不可引申为现代汉语中的"畚箕",更不可进而简化为"箕"。作为政府行为的用箕敛谷,前提是按"人头数"计算,亦即敛谷有一定额度,且所用之箕必要规范化,不当混同于作为家用之器的簸箕。具体而言,箕应是一种量器。字义既明,检核对应之器,则秦代遗存中,正有箕量其物。而就渊源言,箕形量器的使用又可追溯至新石器时代,且有不断相承的一条线索一直通贯下来,直至商鞅方升的出现。作为方升之前身的箕形量器,——如山东博物馆藏秦代箕量,其单位量值以及进位比率目前虽然还不能够认识得很清楚,但在中国度量衡史中,它的意义无疑是格外重要的。以实物为证,也可知箕量"敛"谷合宜,却实在难于"敛"钱。依据文献,对秦代人口税征收情况以及秦以前相关之历史状况的考察，更可见此际欲"推行征钱的口赋，而且要落到全国每个成年人头上，则历史尚未给秦的统治者提供这种可能。所以像有的研究者说的，'头会箕敛'之际，'大夫带着不少装钱的畚箕，奔走于四乡之间'，文字虽然很生动，却不能不被看作是一幅羌无故实之虚拟的画面"（页78）。

从遇安师问学，自"读图"始。"看图说话"，似乎不难，其实并不容易。真正读懂图像，必要有对图像之时代的思想观念、社会风俗、典章制度等等的深透了解，这一切，无不与对文献的理解和把握密切相关。大胆假设必要有小心求证为根基，这里不但容不得臆想，更万万不可任意改篡据以立论的基本材料。总之，是要用可靠的证据说话，力避观念先行。

收入《仰观集》的《仙凡幽明之间 —— 汉画像石与"大象其生"》，是书中篇幅最巨的一篇，如果说它是有所为而发，那么也可以认为主要是针对巫鸿《武梁祠》（柳扬等译，三联书店二〇〇六年）一书对汉画像石的诸般误读。这篇文章从初稿到定稿，我都曾仔细阅读。文中列举的误例，读过之后，每深自竦惕。比如武梁祠画像石"无盐丑女钟离春"一幅，本事云以无盐之切谏，而使"齐国大安"，齐王乃"拜无盐君为后"。画面便是齐宣王付印绶与无盐女，女屈身而受的册拜情景。惟印小不易表现，绶则刻画清晰。但《武梁祠》中对此幅画像的解释却是："（钟离春）的上身略微前倾，似乎正在向宣王提出建议。齐宣王则面向钟离春张开手臂，表达对她的感激之情"。又比如以画像石中的墓主图为汉代皇帝的标准像；以交午柱为墓地的标志；以出行图中的辂车、辁车和大车为送葬行列中的导车、魂车和柩车；认武梁祠祥瑞图中的"浪井"为大莲花；又解释河北满城西汉刘胜墓中排水沟的来源时，认为是仿效印度窣堵婆之右绕礼拜的通道而设，等等。可见"以图证史的陷阱"，若非有对文献准确把握的功力以及实事求是的精神，实不能免。独特的视角，新颖的思路，固然启人思智，然而如果这一切是建立在对图像连带基本史料误读的基础上，则未免偏离学问之正途。便是《仙凡幽明之间》结末所云："研究古代文物，如能从未开发的层面上揭示其渊奥，阐释其内涵，进而提出令人耳目一新的理论概括，当然是可贵的学术成就"；但"要做到这一步，必须以史实为依归，且断不能以牺牲常识为代价"（页211）。

遇安师在眉山三苏祠

通览全局和纵贯古今的胸襟与目力，为我一向所钦服，虽然老师对我并没有提出这样的要求。《仰观集》中《中国历史上的秦汉时代》《从汉代看罗马》《"丝绸之路展"感言》《神龙出世六千年》是我反复读过的几篇，即便均属"命题作文"，如第一例系为中国和意大利举办的"秦汉—罗马展"而作，第二例为配合该展而举办的讲座之讲稿，三、四两例则分别应"丝绸之路：大西北遗珍展""龙文化特展"而写，但却无一浮言应景之文，而总是在人们习以为然的地方，驻足沉思，大中见小，小中见大，以使脱离了历史轨道的物象重新归位。比如关于龙的起源，关于河南濮阳西水坡仰韶大墓墓主身侧用蚌壳砌出的所谓"龙""虎"图案，又龙为图腾说，等等，《神龙出世六千年》都提出了不同于流俗的意见。又比如针对"丝绸之路"这一近年的热门话题，《感言》从史实疏理入手，自汉通西域至唐代安史之乱，官方的对外方针、用兵策略，民间的商业贸易，胡人的丝路之旅、入华后的分流以及生存状况，又唐代对胡风的接受，等等，一条叙述的主线放出去，收回来，或回应于"点"，或落实在"面"，而总不失线索位置，则所谓"丝绸之路"，它在中国历史中的性质与意义，也便一目了然。要之，丝绸之路上的贸易活动，并没有为中土提供很多的商业机会，它带来的一切都不曾影响中国文化的主体，即便南北朝和隋唐的都市均曾有过若干"商胡贩客"的聚居区，且因此呈现一派商旅辐辏的繁荣景象。"虽然随着粟特商人的脚步，除奢侈品以外，他们也带来了其他造型新颖的工艺品，然而这些远方的珍异之物，到了这里，多半变成孤独的流星，很难将其原产地的技术背景一同带来。那些冒着危险跋越沙碛的胡商是为了赚大钱，其本意绝不在于充当文化使者"（页123）。"就锦上添花的意义而言，与丝路有关的带有异域色彩的文物可以被看作是中国文化这块熠熠生辉的锦缎上的花朵，但它们和本土主流文化的关系深浅不一：有些花朵是织成的，有些是点染的，有些则像是飘落的坠红零艳"（页125）。今人把目光集中在文化交流一面的时候，更应实事求是看到它在"大历史"中错综复杂的各个层面。对研究对象必要始终保持清醒的观照，虽然"深刻的片面"

也常常是研究领域中值得重视的意见，但如果集体走向片面，则不能不说是一种研究的偏差了。

集中的《中国墨竹》一文，当日遇安师曾相约与我合作。然而惭愧得很，我虽然十分期待这样的并力写作，且为此准备了不少材料，却是很久没有找到感觉。后来看到遇安师动笔写就的初稿，折服之余，自然也明白如果合作的话，我完全是多余的。我不曾想到，对绘画史中写竹一门演变历程的疏理，原是贯穿着对文人画的思考。《中国墨竹》围绕着写竹的发生、发展与演变夹叙夹议，考证与鉴赏相间，而神似与形似、文人与画匠以及雅与俗的交织，始终是一条并行的线索，以此而共同书写就中国绘画史中独特的一章。

虽然遇安师曾经说过，文辞之美，是花拳绣腿，文章之谋篇布局乃至字句的经营，当可看作学术论文的第二义。然而老师自己对此却并未稍有懈怠。一篇稿成，每每细加磨勘，务必字字当意。于字句之炼，用心之勤不亚于对论点的推敲。因此考证之文，总是明净晓畅，深厚简切；论述之文，则华瞻而无繁，宏裕而无侈，且含英咀华，浏亮有宫商之声，如《神龙出世六千年》，如《中国墨竹》。这是当今学术著作中不常见到的。

《仰观集》中数百幅严整精细的线图，一如既往一一出自作者手绘，因此绘图的时间，常常数倍于写作。我当年也曾亦步亦趋，故深知其中的繁难和艰辛。对此遇安师每以乡语自嘲："我这是'洗手做鞋，泥土踩坏'，但不管将来如何，眼下总要尽我最大的努力。"

初从遇安师问学，师即告诫三点：一、必须依凭材料说话；二、材料不足以立论，惟有耐心等待；三、一旦有了正确的立论，更多的材料就会源源涌至。第一、二两条虽苦，却因此每每可得第三条之乐。

念及《仰观集》之取意，即《兰亭集序》所谓"仰观宇宙之大，俯察品类之盛，所以游目骋怀，足以极视听之娱"，则也不妨说，仰观与俯察，便是作者一贯的研究方法，它自然也是学术研究之坦途。若再补入自己的感受，那么《辋川集》中《斤竹岭》题下的王维、裴迪之作正可借以昭示境象。前者曰："檀栾映空曲，青翠漾涟漪。暗入商山路，樵人不可知。"后者曰："明流纡且直，绿筱密复深。一径通山路，行歌望旧岑。"

（初刊于《东方早报·上海书评》

二〇一二年九月二十三日）

《从历史中醒来》跋（外一则）

有幸生在"读图时代"，问学之途多了一束光照。以往全凭在文献中反复摸索其形的古代器物，竟在光照下现身，并且在"公共考古"的气氛下，它不再局限于书斋，而是一步步走向大众。近年不同规模、不同专题的博物馆在各个县市兴建，常规展之外，各种专题展览每年举办不可胜数，"读图时代"的人，真的很幸福。但是还应该说，"读图"是向"读图"者的思考能力提出了更高的要求。"看图说话"，"看"起来不难，"看"懂却并不容易。真正读懂图像，必要有对图像之时代的思想观念、社会风俗、典章制度等等的深透了解，这一切，无不与对文献的理解和把握密切相关。此外不可少的是"读图"经验之积累，如是，方能从"当下"读出它的前世今生。二十一年前甫从遇安师问学，入门第一课便是分析某著名辞书中的插图之误，用作对比和讲解的材料，则即经遇安师研究出所以、考订出名称的考古发现之器物。以后的课程很多是安排在博物馆里，今收在这部书里的不少文章就是当年看展时我所聆听的教示。十一年前在台湾出版时，名作《孙机谈文物》，封面照片原是老师在博物馆里给我讲课的一瞬。遇安师的讲话总是极有感染力，一旦落墨，更是从无丝毫苟且，笔力雄健，辞旨精朗，风致静深，是一贯的风格，却又以它的渊博与厚实，耐得反复

参观博物馆听遇安师讲解

温习。这里的多数篇章都不是新作，但依然开卷如新，不仅研究方法没有过时，讨论的问题又何曾过时，比如写于二十年前的《中国茶文化与日本茶道》一文，对于今天热衷把"茶道"一词强加于中国茶文化的人们来说，实在要认真读几遍才好。《玉具剑与璲式佩剑法》《刺鹅锥》《水禽衔鱼钉灯》都早已成为经典，广为学界采用。《中国梵钟》则是同类题目的奠基之作，至今显示着它厚重的分量。《固原北魏漆棺画》最是"读图"的范本，于是我们知道，文献与图像的互证，最终揭明的不仅仅是一事一物的性质与名称，而是它的背后吾人所力求把握的历史事件。我曾在《仰观集》的读后感中写道：念及《仰观集》之取意，即《兰亭集序》所谓"仰观宇宙之大，俯察品类之盛，所以游目骋怀，足以极视听之娱"，则也不妨说，仰观与俯察，便是遇安师始终的研究方法，它自然也是学术研究之坦途。如今"大师"的称号已被叫滥了，其实最终教人折服的不会是称号，而是扎实的学养与卓越的见识。遇安师不是"大师"，他是以发现问题、解决问题而令人由衷信服与钦敬的智者。

《孙机谈文物》一书原有作者《后记》，是一则极好的文字，今受老友之命介绍此书的三联新版，思索再三，难得精要，不如将台湾版《后记》照引如下：

现今尊之为"文物"者，在古代，多数曾经是日常生活用品，各自以其功能在当时的社会生活中有着其自处的位置。若干重器和宝器，只不过是将这种属性加以强化和神化。从探讨文物所固有的社会功能的观点出发，她们如同架设在时间隧道一端之大大小小的透镜，从中可以窥测到活的古史。倘使角度合宜，调焦得当，还能看见某些重大事件的细节、特殊技艺的妙谛，和不因岁月流逝而消褪的美的闪光。

关于《华夏衣冠》

《中国古舆服论丛》初版于一九九三年，二十多年间，随着几番重版，数度修订，它的学术价值愈加显明，毕竟这是以新方法、新视角探索古舆服制度的一方厚重的基石，更多的同类述作涌出，而更可见出它的典范意义。其中的诸多立论早为学界普遍接受，乃至有不少今已成为常识，如深衣与楚服，进贤冠与武弁大冠，中国古代的带具，明代的束发冠、𩭓髻与头面，霞帔坠子。入微至细的考证是建立在文献、图像与考古发现的契合处，博学精思，挹源知流，于是一器一物，脉络原委，如在目前。上海古籍出版社今把"舆"和"服"一分为二，而将后者命之曰"华夏衣冠"，或者会使它更加醒目，并且为依赖"关键词"检索相关著述的治学者提供一索即得之便。

"飞天"的传递

沈从文先生晚年生活和工作的地方，我都离得很近。不论东堂子胡同还是小羊宜宾胡同，沈先生的两处居所都在我家近旁，不是紧邻，也可算作街坊。中国历史博物馆即今中国国家博物馆是我曾经并且至今亲密接触的地方，中国社会科学院则是我的供职之所，只是我进入社科院的时候，沈先生已经不在了。

无缘与沈先生结识，但他的书当然是早就读过的，不过真正有感觉的还是《中国古代服饰研究》，而自己拥有它的时候已经是一九九二年出版的增订版。原是托了老伴在香港工作的一位朋友买了来，书很贵，我们工资都不高，因此那位朋友坚持不收书款。

近年曾在不同场合回答关于如何走上问学之途的提问，即我原初是计划写一本"崇祯十六年"，设想以社会生活的细节支撑历史叙事，于是打算首先细读《金瓶梅词话》，极喜小说里关于服饰的文字，却是不能明确与文字对应的实物究竟如何，因去请教畅安先生，先生介绍我问学于孙机遇安先生。

五十年代初，遇安师供职于北京市总工会宣传处文艺科，办公室就在端门和午门之间的东朝房，与历史博物馆的办公室同在一排（总工会的人走文化宫的门进来，历史博物馆的人走天安门进来），恰好又是同沈先生所在的一间紧挨着，推开窗子就可以和走廊里的人对话。未考入北大历史系之前，遇安师的兴趣在鲁迅研究，曾发愿写一部鲁迅评传，当时已经写就"鲁迅《野草》研究"一卷。后来转向文物考古，同沈先生的相遇或是原因之一。我曾问道："当年您也和沈先生一起去琉璃厂吗？这和您后来对文物的兴趣是不是也有关系？""当然有关系，我在总工会的时候，本来是安排我学钢琴的。"遇安师《在纪念沈从文先生诞辰一百周年座谈会上的发言》一文中说道："我是一九五一年认识沈先生的，直到一九五五年去北大读书以前，和沈先生的接触较多，我所认识的也正是一位作为文物学家的沈先生。""在服饰史的研究上沈先生是我的启蒙老师。""沈先生的前半生是作家，是用文学作品创造美好的人物形象。他的后半生是文物学家，是解释和重新发现那些不可再生的文物的价值。"而《中国古代服饰研究》一书，则是"中国服饰史的开山之作。"

中国的考古好像同历史有一种天然的联系，乃至很长一个时期内会认为考古是为历史服务的（早期大学里的考古专业便是从属于历史系）。考古、包括考古发现的文物，与历史的结合因此顺理成章。而文物与文学，近世却仿佛是并无交汇的两条轨道。沈从文先生的贡献，在于开启了文学与文物相互结合以至于融合的一条新路，虽然他的本意是从文学创作转向文物研究，然而这种"转身"始终未曾脱离原有的知识背景和自家的一贯兴趣。其实在古人那里也从没有所谓"文物"与"文学"之分，今呼之为"文物"者，当日不过是社会生活与日常生活中的各种器用。文物与文学本来就是联系在一起，甚至可以说是无法分割的，那么二者的结合，就意味着一面是在社会生活史的背景下对诗文中"物"的推源溯流；一面是抉发"物"中折射出来的文心文事。

关于"文物"之"文",它是文明,也是文化,此中自然包括文学。沈从文从小说创作转向文物研究,虽然有着特殊的原因,但从文物与文学的关系来说,这种转变其实也很自然。

我曾在《物恋》一文中写道:我喜欢张爱玲对物的敏感,用她自己的话,便是"贴恋"。物是她驾驭纯熟的一种叙事语言,甚至应该说,是特别重要的一种叙事语言。对《金瓶梅》《红楼梦》的借鉴,语言固然是一方面,对物的关注也是不可忽略的一个方面。在张爱玲的"物恋"中可以发现一种持久的古典趣味。以至于那些形容颜色的字眼儿 —— 银红,翠蓝,油绿 —— 也永远带着古典趣味。在我来看,那是平常叙事中时时会跳动起来的文字,有时甚至是跳出情节之外的,那也是一种好。但凡作家有这样一种对物的敏感,从"文学"到"文物",便不是偶然。张爱玲翻译《海上花列传》,忍不住就要考证小说里的服饰。比如关于"圆领"的解释,虽然近乎空无依傍,却依然有她的悟性,教人觉得喜欢。我不想说她有什么不对,因为她并不是考据家。

沈从文先生也不是考据家,然而小说家的悟性与敏感 —— 这里还应该包括想象力,成就了他对物的独特解读,"名物新证"的概念最早便是由沈先生提出。在《"瓟瓟斝"和"点犀盉"》一文中,他解释了《红楼梦》"贾宝玉品茶栊翠庵"一节中两件古器的名称与内涵,因此揭出其中文字的机锋与文物之暗喻的双重奥义。这里的功力在于,一方面有对文学作品的深透理解,一方面有古器物方面的丰富知识,以此方能参透文字中的虚与实,而虚实相间本来是古代诗歌小说一种重要的表现方法。也就是在这篇文章中,作者希望有人结合文献和文物对古代名著进行研究,并且直接提出了撰写《诗经名物新证》的课题(《光明日报》一九六一年八月六日)。上世纪九十年代中叶,我初从遇安师问学,师命我把这篇文章好好读几遍，说此文本身便是"名物新证"的范本。

《关于飞天》，是遇安师送给我的沈先生手迹，写在五百字的红格稿纸上，一共三叶。它的来历，遇安师也记不很清了，大约是当年一起聊天的时候谈到飞天，之后沈先生就以书信的形式写下了自己的若干想法。半个多世纪过去，《关于飞天》的价值，已不在于内容，而更多在于它留下了作者思考的痕迹或曰探究问题的思路，同时也是珍贵的墨迹，师曰："那几叶字太小，沈先生的大字好看，有章草的味儿。"说到沈从文，遇安师每每赞叹："沈先生真是个好人。""对人说话从来是带着微笑。"很可教人想见当年所面对的长者襟怀和厚、气度宽雅的音容，我想，那必是从心底涌出的真和善，便是张充和说到的"赤子其人"。很遗憾我未曾亲承音旨，但"飞天"的传递，似乎可以成为一个小小的象征：沈从文开启的文学与文物相互结合的路，是不会寂寞的。

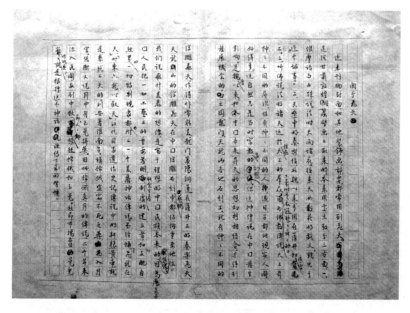

《关于飞天》手迹

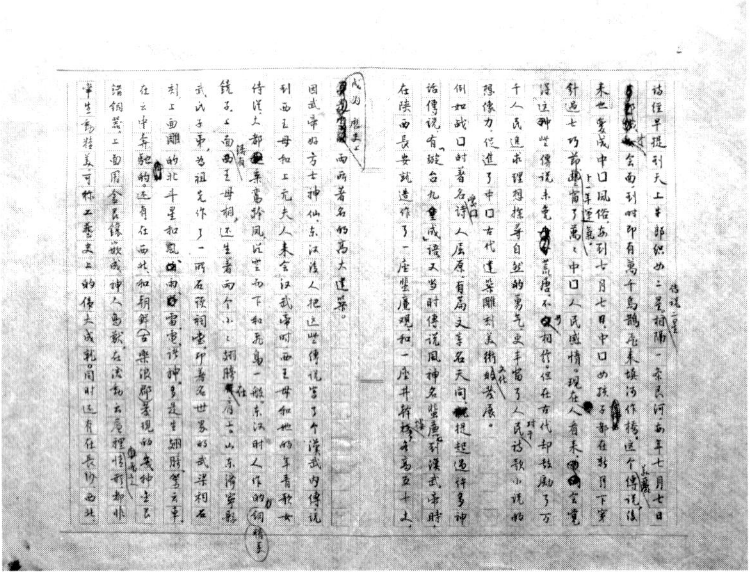

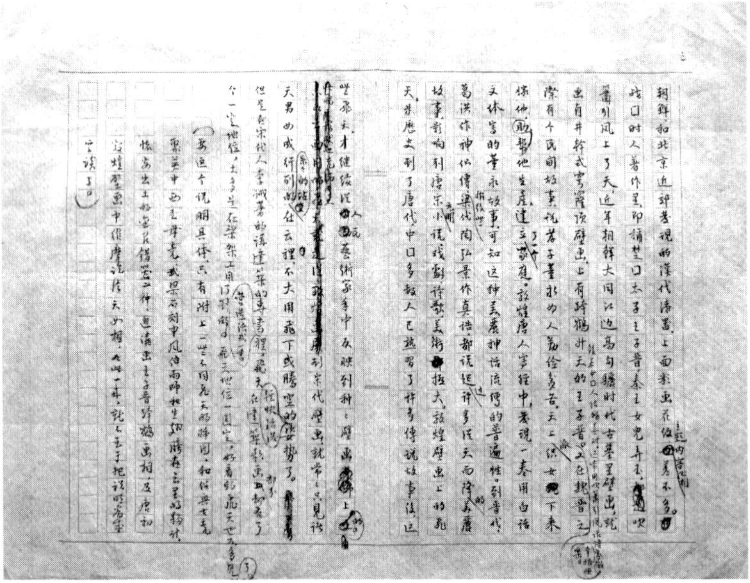

《关于飞天》手迹

（初刊于《文汇报·笔会》二〇一八年六月五日）

外编

空 如 有

—— 金克木先生的书房

金先生打电话来，借看奥古斯丁的《忏悔录》。他说，想起书中的一段话，怕记得不确，要再看一看。我便送了去。

书是名著，列在商务印书馆的"汉译世界名著"中，再版多次，市上常见。先生却没有。其实他几乎是不买书的，当然也没有书房。

北京大学朗润园的金宅，一几，一榻，一张写字台，一个惟底层疏疏落落躺了几本书的书架，一个坐下去就很难站起来的旧沙发。床头的一边，由地而起，摞了几叠从新到旧的杂志。我想，那多半是编辑部的赠送。

先生瘦小的身躯埋在沙发里，一缕阳光照在他的白发上。太阳已经走了好远，白发上的光还没有消散。一个不知从何而起的话题，往往不知该在哪里结束。从奥古斯丁到李商隐，从昨夜晚间新闻到《五十奥义书》，从"春，王正月"，到了星际之外。——装备这样的头脑，要读多少书，若靠买书来读，该需要多大的书房呢。

先生家里，曾经有过藏书的，便是"几十木箱旧书"，但"十八岁离开了家乡，再也未见那些书"（《家藏书寻根》）。因此很早就学会了如何在图书馆里读各种各样的书。其实也不必学，他一度就在图书馆做管理员，——"少年时曾入大学图书馆任小职员，为时虽暂，获益殊多"（《自撰火化铭》）。那时候，他一定不需要买书。

后来，"有缘至天竺释迦佛'初转法轮'处鹿野苑，住香客房，与僧徒伍，食寺庙斋，批阅碛砂全藏"。那时候，更不需要买书。

后来，先生做了教授。依了清清的湖，倚了郁郁的树，不论武大还是北大，不用说，都傍着一座教人艳羡的图书馆。如此，最聪明的办法，自然是把自己的书房设在图书馆里。

他不藏书，却有一个百科全书式的大脑。迄今为止，先生已有三十余种著、译问世。举其要者，则曰：《蝙蝠集》（诗）、《雨雪集》（诗）、《旧巢痕》（小说）、《难忘的影子》（小说），《天竺旧事》、《燕啄春泥》、《燕口拾泥》、《文化猎疑》、《书城独白》、《无文探隐》、《文化的解说》、《艺术科学旧谈》、《旧学新知集》、《圭笔集》、《长短集》，《印度文化论集》、《比较文化论集》、《梵语文学史》、《古代印度文艺理论文选》、《印度古诗选》（译）、《云使》（译）、《通俗天文学》（译）、《甘地论》（译）、《我的童年》（译），等等。

—— 噫，此即"空如有"欤。

　　　　［本文标题出自先生的《自撰火化铭》，铭曰："空如有，弱而寿。无名，无实。非净，非垢。咄！ 臭皮囊，其速朽！"］

　　　　　　　　（初刊于《诚品阅读》第十七期〔一九九四年八月〕）

听王夫人讲故事

《锦灰不成堆》中的《畅安吟哦》开篇即录《神形呆若木》一首，此与《锦灰二堆》中的《告荃猷》十四首相同，均属悼亡。诗曰："忆昔呼荃荃，一呼一声诺。未应值门扃，不禁心扑扑。初笑等庸人，转思又惊愕。有朝一先行，生者竟奚托。所虑几经年，存亡两茕独。耄叟将来归，不呼亦不笑。默默但思君，神形呆若木。"

而师母在的日子里，感觉畅安先生的生活是琐碎的，热闹的，温暖的。芳嘉园是小乱，迪阳公寓是大乱。芳嘉园房子逼仄，没办法请人，迪阳公寓大了很多，但也许已经不习惯请人，家务便全靠师母操持，乱中是其实是有秩序的。一间不大的屋子属于师母，在那一个同样也是乱而有序的空间里，她还有很多自己的工作：音乐史之外，为畅安先生的书勾描线图，校对书稿，还会忙着她所心爱的剪纸。畅安先生《题〈游刃〉集》"画稿盈箱箧，朱笺刻未遑。频遭风雨袭，时为补缝忙。秋水眸仍澈，柔荑指不僵。刃过皆剔透，老发少年狂"，正是此情此景。曾在师母的桌上，看见她的一个写生册子，每一页都是花卉速写，画的都是眼前花事：风中、雨后，初开、衰败，有的下边还有一两行记叙情景的文字，此即盈箱画稿之一事也。

去拜望畅安先生的时候，常常是和师母聊得更多。不过最长的一次谈天不是在家里，而是在从洛阳往开封的路上。——一九九四年春，畅安先生受邀往郑州讲学，师母同行，之后又一起到洛阳和开封观摩文物。我和吴彬则是此行的陪同。当年的日记便记下了师母一路讲的故事，今摘抄如下。

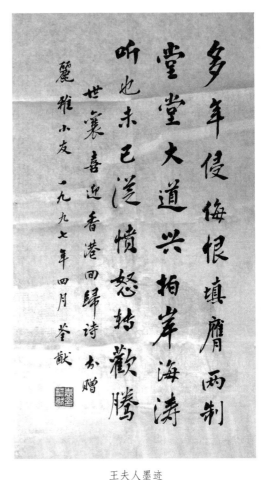

王夫人墨迹

四月廿日（星期三）

昨日洛阳一日雨，今日仍是细雨霏霏。

早七点到一楼吃自助餐。七点四十分出发往开封。

师母从她的学生时代提起话头，讲起婚姻，讲起家庭，聊了一路。

她说在燕京上学的时候，过的才真是"资产阶级生活"。那时候女生宿舍是一院二院三院四院，宿舍有舍监，有工友，每天早晨起来连被子都不用叠。放学回来，已经由工友打扫得窗明几净。从图书馆借了书，看完书，夹好借阅证，码放在桌子上，自有工友代为送还。自行车也由工友打气，保养，看见哪儿坏了，自己就推着送去修理了。在食堂吃饭，把碗一伸，"大师傅半碗"，"大师傅一碗"。自有人盛来。吃了几年食堂，不知道在哪儿盛饭。

认识王先生是在一九四一年。师母正上四年级，写了一篇研究美术史的论文。系主任说，论文很好，但在教育系没有人能指导你，我介绍你去找一个人吧，研究院的王世襄。

他不住在学校里，住在西门外的王家花园。师母拿了系主任的介绍信就去找了王先生。讲明来意，王先生也就毫不推辞。初次见面，师母留下深刻印象的是两个吃净、掏空而依然完完整整的柿子壳。

后来王先生真的给开了几页单子，师母的论文便是按照这一"指导"做出来的。以后王先生又给师母写了不少信。

四一年十二月，燕京停学。王先生的父亲不愿意他坐在家里吃闲饭，又怕留在北京会被日本人逼着任伪职，遂打发他去了重庆（一路坐架子车，艰苦万状）。

临行把家里养的太平花端了一盆送给师母，请她帮忙浇水。

王在四川给师母写了好多信。师母说，当初其实就是爱他的字，小楷俊逸，曾经裱了一个册页，现在还留着呢。师母说，我就给他回了两封信。其中有一封就是告诉他，你留下的太平花我天天浇水，活得很好，但愿生活也能像这太平花。

王先生后来坐了美国的军用飞机回到北京，不久两人就结婚了。

师母的妈妈在生下她的小妹妹三个月之后，因患产褥热逝世。师母的奶奶就把几个孩子一窝端，全给接收过去养起来了。她说，省得你爸爸娶了后妈，待你们不好。

奶奶是爷爷的第四位续弦。年轻时有人给爷爷算命，说他克妻。

不料竟言中。第一位夫人，死了。第二位，是父亲的生母，也是很早就死了。又娶了第三位，这一位极是温柔贤惠，甚得爷爷欢心，不料恩爱数年，也去了。这位奶奶结婚时已经三十八岁，因母亲早亡，便承担了抚幼的重任，一直到弟弟妹妹都成人。又曾入过孙中山的同盟会，很开明，侠肝义胆。

结婚后，爷爷一切听命于她（前几任夫人都是尊夫命的）。爷爷是银行行长，现在钱正英住的房子就是当年袁府的一角——爷爷的书房。钱后来还专门接王先生和师母到家中吃饭。

哥哥是一九三九年去的美国，现在早已美国化了。这会儿我可以说一句：我哥哥是规规矩矩念书的，王世襄那时候只是玩。可现在看起来呢，玩的一位，成了学者，念书的虽然在美国过着挺舒服的日子，可是一生并没有什么成就。

一九七九年哥哥从美国回来探亲，还专门去探访了故居。前面早已是面目全非，成了两三个大杂院。书房自然已非复旧日模样，原来一道回廊曲折，由大门直通向后面的书房，已早被拆掉了，改造成住人的房间。

奶奶很支持妇女解放，曾经到处作讲演。有一个受丈夫虐待的妇女前来告状，她揣上一把洋枪就去了，把那个男人狠狠训了一顿，还掏出洋枪来比划了几下，吓得那一位趴地下直磕头。平日也常常为婆媳不和的事排难解纷，她说：疙瘩宜解不宜结。

奶奶请了两位先生在家中教读，读《论语》，读《孝经》，又常常带他们出去玩，到各个公园。后来又都把他们送入学堂。母亲在生小妹妹的时候，奶奶也同时怀着孩子。（小姑姑是出生的时候用产钳夹出来的，把耳朵夹聋了，所以又聋又哑，一辈子没嫁人。故去之后，与爷爷合葬在万安公墓。四位奶奶都葬在山东。）

先是，小姑姑生下不久，奶奶得了一场病，病中难免焦急，母亲就劝道：你别着急，万一有个三长两短，孩子我为你带。虽然是一片诚心，但话说得很不得体。奶奶却略不为意，而且很感念这一番好意。奶奶说："你娘的这一番话，该倒过来由我说了。""也就是冲了这话吧，我一定得把你们带大。"

抗战时跑反，难民都拥到了北京站。奶奶叫了一辆三轮就出去了。爷爷急得直发脾气："太太哪儿去了？"下人说坐了三轮不知道上哪儿去了。后来回来了，一问，上北京站了解民情去了。

奶奶常常对女孩儿讲家规：不可入门房，不可入下房，不可入厨房。师母笑道："但现在我是一人兼三'房'了。"

奶奶是新派，爷爷是老派，有了病，奶奶要上医院，爷爷要请中医。爷爷爱打麻将。奶奶一九四〇年故去，——还是死在爷爷前边。爷爷非常难过，大姐就安慰他："这回你可以踏实了，她们正好四人一桌打麻将，不用叫上你了，你就放心吧。"后来家里人都反对续弦，就娶了一个姨婆，侍奉汤水什么的。

过门以后，王先生家有个张奶奶，所以也用不着干家务活。有时候想到厨房帮帮忙，张奶奶一会儿说：别让油溅了裙子！一会儿说：别让刀切了手！也就不捣这个乱了。不过当初为了这，却是吃了不少苦的。

上干校的时候，有一回到厨房帮厨：给幼儿园的小孩做面条，管理员拿来一块鲜肉，一把沉甸甸的切肉刀，示范了一回："这样，薄薄地切成片，再切丝，就行了。"

管理员一走，这肉却怎么也切不成，软软的，在刀下滚来滚去。

实在没办法，只好找到管理员，说切不成。人家回来，三下两下，就切出来了。晚上总结的时候，就把这事检讨一回，大伙儿都笑。但头儿认为态度很好，很诚实，就说：以后加强锻炼吧。

师母讲起，她原是学教育的，后来得了肺病，整整在床上躺了一年（真正的卧床，一年脚没沾地）。彼时王先生去美国留学了，只有老公公悉心照应。每天上班前到床边来说："我走了。"下班再道："我回来了。"为她念法国小说（他是留法的），教她画金鱼（婆婆的《濠梁鱼乐图》后面部分就是她给勾的），并要她作一幅百鱼图。

一个小时到开封，直接开到博物馆。

"九一八"失窃案后，这里如同惊弓之鸟，正常业务都不敢开展了。办了两三个和文物不相干的展览，什么世界名胜微缩景观展览之类。本来正在筹办中的佛像展览也停掉了，倒是因此而集中在库房里，看起来比别处方便。

又往文物商店，到库房里看了几件东西。有一件明万历的龙凤珐琅盆，盆边是大八宝小八宝，被定为一级文物。还有一件镜架，是黄梨木的做活，但木质是紫檀。文物商店正厅中央的一溜柜台是瓷器。有些嘉庆、光绪年间的小彩碟、青花碟，看去还有意思。还有几件瓷的梳头匣子（上面是一个六圆孔的盖），师母说，过去张奶奶的梳妆台上，就摆着这个。那些小碗什么的，是放勺子，放作料的，为平民用具，如今标价二十块钱一个。

"过去我们家常使的东西，拿到现在来，都是'文物'；现在我们使的，全是山货店里买来的，——拣那最便宜的买。"

十一点五十分回返。路上仍听师母讲故事，——讲了一些音乐研究所的事。又讲起访台时的一番奇遇：临行的前一天，往馥园吃饭。

进门见到四张明式官帽椅，——正是明式家具珍赏封面上物。里面布置得小巧精致，几乎全是书中的家具。里面的服务员也都是一例的明式服装。待散席将行之时，一位穿着水红大襟袄的女人冲下楼来，握住王先生的手不放。说她一共买了三本书，留一本，拆了两本，撕成单页交给工匠，作为图样。"有了你这本书，才有了这栋楼！"此时又有一位矮胖的壮汉冲下楼，对师母又握手又拍肩，口口声声唤阿婆，又塞过来一张名片，闹了一阵儿，别去。旁边的人问："知道他是谁吗？看看名片！"再看手中的名片，赫然写着：立法委员，原来是拉选票的。他本是当晚的头号主顾，谁知老板娘一旦发现了王先生，就把他撇到一边，所以他才熬不住跑了下来。师母原以为是一位醉汉呢。

（初刊于《东方早报·上海书评》

二〇一一年十二月十二日）

辛丰年与 Symphony

读"辛丰年"其文，便想知"辛丰年"其人。但"文如其人"，在这儿，似乎是一个例外。

一个薄雾的黎明，乘船到了南通。曙色中，主客初会。于是从容对谈，直到黄昏。于是发觉，他的谈吐、他的气质、他的风度，和他所热爱、所谈论的音乐，相差太远了。以往从文字中得来的印象，竟与本人全不相干。

这是二十年前常见、现在偶可一见的老农形象：一身褪了色的旧军装，包括褪了色的军帽和褪了色的球鞋，"武装到牙齿"。方方的脸，细细的眼，因为不高、便显得格外方正的身材，把老实、憨厚的神情，衬托得老实、憨厚到了极点。于是一身当年充满火药味的"行头"，就有了一种特别温和的色彩。于是使人觉得：质朴、憨厚之下，一定也藏了至慧的灵魂，以搭配成另外一组不和谐。

原来，抗战胜利后，也是一个薄雾的黎明，他悄然登上一叶小舟，革命了。从此，就在革命大熔炉里，"千锤百炼"了几十年。也就在大熔炉里，他精通了英语，又迷上了音乐，直迷得改名换姓，将"辛丰年"与 symphony 合为一体。

当年的热血青年，如今已是苍然老者。退隐回乡，结庐郊县。却

辛丰年先生所赠照片

没有"方宅十余亩，草屋八九间"；所谓"谈笑有鸿儒，往来无白丁"的"陋室"，也只是唐人的浪漫。这位当代隐者的居所，一桌、一架、一凳、一榻，唯陋而已。倒是中央一具黑钢琴，显得过于辉煌 —— 像是陋室中的不谐和音，使人无法相信它也同属于房子的主人。原来这是过了做梦的年龄方才圆就的一个梦，现在一半成了梦的纪念："青年时羡慕不能得，屡做钢琴梦。每梦虽喜得琴，总有一事障碍而不能遂意（如梦一琴，键极狭，不容手）。前年终于如愿，而指已老化，即有时间苦练，已无能为！"现在的乐趣，则是以最俭朴的方式，进行最奢侈的享受 —— 一个小小的录音机，为他提供了音乐世界的全部美丽。除此之外，生活中便无浪漫可言：早赋悼亡的伤心人，在开门七件的"交响乐"中带大两个儿子，即使有那么微弱的一点儿绿色，也该被生活的重负，压成标本了。

　　不过，外部的力量毕竟有限，多少风风雨雨，依然风吹雨打不坏一座心灵的堡垒。善良心肠，好人气质，这第一印象，在对谈中愈变得分明。

　　他似乎不知为名也不知为利，脱俗而毫不知觉自己的脱俗。他为朋友的不解人情世故而大为惊讶，却不知自己其实最不懂世故人情。他真正能够懂得的只有音乐——不是用理论，不是用经验，而是用心灵，去感应、去倾听。不论他选择了音乐还是音乐选择了他，都是一种天造地设的安排。老唱片没有了，音乐之流已经消逝于时空，但他凝神回忆，能够一一追回当日听乐的感觉，由感觉而一一追回逝去的音符——就像燕卜孙能够凭记忆用打字机再现莎剧。

　　这并不是因为他有音乐天赋——他唯一的天赋是善良。这天赋保佑他永远是好人。虽然这是一个最通俗、也最是模糊的说法，但作为所有和他相识的人的一致评价，这其中便寓含了最深的敬意。和许多爱书人一样，他爱书也爱得入迷，除了音乐，也爱其他的艺术。并且，对历史、对哲学，对阶级斗争、对政治运动，都有广泛的了解，大有老杜"鱼龙寂寞秋江冷，故国平居有所思"之概。又似乎对新文学史尤其有兴趣。那一篇《藤花馆中的一位来客》（载《读书》一九九三年第六期），便令人想见他"负伤"归里，借居当年的状元府邸，摘抄季自求日记手稿，勾稽此公与鲁迅一段旧交谊的情景。不过仍不免令人怀疑：社会与历史中的深刻的道理，往往太残酷，是他这样历经磨难却不失天真的好人所能深入探究与理解的么？

　　善良心肠和好人气质，想必是精神常常漫游在俗世之外的缘故。但"泛览周王传，流观山海图"之际，到底还有着"采菊东篱下"的那种愤世嫉俗。于是想起他抄给友人的两首诗：

生来好苦吟，与天争意气。自谓李杜生，当趋下风避。

而今吾老矣，无力收鼻涕。非惟不成文，抑且写错字。

昔者所读书，皆已束高阁。只有自是经，今亦俱忘却。

时乎歌一拍，不知是谁作。慎勿错听之，也且用不着。

诗录自郑所南的《锦钱余笑》，是几分猖、几分拗、几分水清石瘦涩出来的孤峭。它与"辛丰年"先生是不是也有相通之处？当然，这诗意，包裹在一身过了时的旧军装里。这一身常年装束也许只是一种无可奈何的选择，却恰好装点出主人的风格与气质。它和辜鸿铭的辫子意义全不同；效果，则近似。

作个假设吧，如果"辛丰年"其人出现在一百个"辛丰年"其文的读者面前，至少会有一百个人不相信两个"辛丰年""彼此彼此"。

暮色中上船，再读那春风词笔、生气灵动的谈乐文字，似乎是与走出旧军装的"辛丰年"继续对谈。这对谈，一直继续到今天。

这里忍不住抄下他写给友人的一部分"可听曲目"，或可以说它是"辛丰年"中几个跳跃的小音符：

肖邦：#C小调幻想即兴曲(钢琴独奏)Fantasia - Impromtu OP.66

旋律、和声之美无可名状。格调高绝，可比藐姑射仙人。其罗曼蒂克味之浓可联想"未完成"，但又不相似。假如听了这样好听的音乐仍不为所动，那就怪了！

肖邦：G小调叙事曲(钢琴独奏)Ballade(OP.23)

似不必多去联想密茨凯维支的诗之类，当纯音乐的"音诗"而不当标题乐音诗听更无挂碍。此曲与前一曲只宜于钢琴，不可译为别的器乐，可知更不可译为音乐以外的语言了。

李斯特：D 大调音乐会练习曲 (三首，之三)Konzert-Etüde Ⅲ

李斯特：安慰之三 Consolation Ⅲ

皆为钢琴独奏。李作多浮华，此二曲美而不俗，耐玩，不听殊可惜。

德沃夏克：F 大调弦乐四重奏 (“美国”，又名“黑人”)String Quartet in F Major (OP.96)

可先听第二章慢板 —— 似黑人哀歌。熟悉后全部四个乐章都会使您入迷。最好的实是第一章。

德沃夏克：弦乐小夜曲 (E 大调)Serenade in E for Strings(OP.22)

甜美真挚，悦耳舒心。前三章是听不厌的。

德沃夏克：D 大调交响曲 (作品60)G 大调交响曲 (作品88)

前一首可先听第二章柔板，其魅力可与“新世界”的广板比美。后一首的前三章都好听，是波希米亚田园诗。

德沃夏克：在自然中 - 狂欢节 - 奥赛罗三连序曲 Amid Nature Carnival – Othello(OP.91 – 3)

其美、其人生反思似的哲理味；其生活气息之浓烈，无法言传。却又极好听，实是一部交响曲。

德沃夏克：小提琴小奏鸣曲 Violin Sonatona(OP.100)

朴素真挚之极，次章被克赖斯勒改为“印第安人哀歌”，可能会首先吸引您的注意。

圣 - 桑：引子，回旋，随想曲 Introduction and Rondo Capriccioso

旋律惊人美艳，然言之有物，不俗；琢磨精致，耐听。

莫扎特：第21钢琴协奏曲 (C 大调)Diano Concerto No.21 in C Major

可先听慢乐章，它那崇高的美是不可抗拒的 —— 傅聪说它是古希腊悲剧似的。

莫扎特：长笛、竖琴协奏曲 Concerto for Flute Harp and Orch

太好听了，无话可说！ 此曲只应天上有！

德流士：弗洛里达组曲 (管弦乐)Florida Suite

李欧梵在《狐狸洞书话》中把德流士贬得没道理。其实他的音乐很有境界，很有个性。此作中第一首卡伦达舞曲和另外的几首，有一种无限惆怅的感情色彩，是别人的作品中未曾有过的。大有"良辰美景奈何天"的味道。岂可不听！

贝多芬：小提琴奏鸣曲 春天 (F 大调)Spring Sonata

这是他十首小提琴奏鸣曲之一，也是最欢快的一首。听时不能只注意小提琴，要同钢琴部分一起听，听其对话与复调效果。钢琴不是伴奏身分，二者是平等竞争的对手，这比小提琴独奏曲更有意思。

—— 这是信笔写下的文字，也许不那么准确，当然更不权威 ——与近日一部题作《音乐圣经》的畅销书绝不相同 —— 但这样一种至慧的体验，这样一种品题式的"乐话"，已经是魅力，即使不懂音乐，也先要爱上这描绘音乐的文字。

这样的文字，究竟有多少？ 由《乐迷闲话》、"门外读乐"至于今，五十万言尚不止，犹读而不厌。晓山横雾，烟树微茫，绿蓑青笠，卧听渔樵闲话 —— 千古兴亡，悲欣交集，化作"宣叙"般的音乐和音乐般的"宣叙"。"每听完一部交响乐那样的大曲，如同读了一部《红楼梦》或是《战争与和平》，仿佛经历了一次人生，做了场黄粱梦。"他从音乐中采撷美丽，他把"蝴蝶梦"作成蘧蘧然鸟语花香，蘧蘧然清远荒寒的文字。音乐被译为诗，被译为画，被移植到生命之弦，翻译作一个一个人生的故事。音乐虽神圣，却也须心赏，未必定要正襟危坐，细审如何"第一主题是热情，最高潮处右手成为繁华的琶音。第二主题以左手广域的分散和弦伴奏……"，把爱好变为专业。"专业"用"冷冰冰的解剖"引人登堂入室，训练出音乐的敏感；"爱好"则"洋溢着激赏和与人共赏的热情"导人入高山流水之境，生发人生的感悟。——

一九四九年南下福建，独行在万山中一条险径上。忽然忆起《高加索组曲》中的《隘口》那一章，它便是令人怀念的一曲。又如解放初年看《易北河会师》，影片平平，但有个德国人伐木的镜头，轻轻响起一段音乐，是瓦格纳《林涛》中的，一下子唤出了相当复杂的联想。乐剧《指环》中最可爱的写景文要数《林涛》了。

《罗马泉》中最后一章以梅第奇别墅喷泉为题，画出了无限好又留不住的暮色。而这暮色浸透了怀古的惆怅之情：残钟、鸟啼，—— 融入苍茫大气。那效果极似印象派的画，而又胜过了画。有一年，在西湖孤山脚下，游客已稀，暮色渐浓，不期然地忆起了这《梅第奇别墅之泉》。

—— 人生的一幕一幕场景，悲剧的、喜剧的、无悲无喜只是平平常常的经历，尽可化作一道长长的水，绕山而流。这正是"辛丰年"指挥的"symphony"。再读一读《乐中史 史中乐》，还有令人震撼的《现成的史剧配乐》：

有人谈俄苏文学，发"光明之梦"的感慨。我觉得，忆往昔喜闻乐见的老歌，唤起的怅惘迷茫，才更难言说。俄苏文学也是有现成的配乐的：《快乐的人们》、《快乐的风》、《伏尔加河》、《茫茫的西伯利亚》，还有很老的《光荣的牺牲》这首民意党人的送葬曲。读妃格念尔的回忆录而忘了它的这支现成的配乐，是太可惜了！

还有一种也是空前（是否也绝后？）的历史配乐：十年动乱中，"从来没有什么救世主"与"他是人民的大救星"同唱而毫不觉不协，这岂非一种罕闻的现成的复调？

——原来"词源笔下三千牍，武库胸中十万兵"；原来对铁马金戈、刀光剑影的"史"与"实"的理解，都贯穿在"流水今日，明月前身"的谈乐文字中。他的善良并未妨碍他发现世间的非善。他不善于史中读史，却善于史外读史。他便清醒地"梦游"在音乐世界，读人类历史，看世态人情。他为历史配乐，他为人生配乐，他在旋律中读到历史的真实。"时戟双鸳响"，"腻水染花腥"，凄美中的惨烈，也是一般春秋史笔。配了乐的历史与人生，便如这梦窗词中的意象，带了特定的标识，定位于受过磨难、企望不再受磨难的心灵。

于是才明白，为什么"辛丰年"于 symphony 之外，仍大有文章。"门外读乐"的意闲而语健，浅近而厚实，非"专业"而有"专业"的鉴赏力，不正因为"辛丰年"不仅久久浸淫于 symphony 之中，且能将乐外文章一并打入乐内，解得乐曲本身之外，更于急管繁弦中听出心曲？

其实，他早就具备了"门内"的知识，却永远站在"门外"恳谈。也许站在门外的痴情者，才是"知音"的最佳位置。"门外"，使他永远保持一份亲切，"读"乐，则启开"心的眼"——由听觉唤起视觉与思维，由大弦小弦的嘈嘈切切，牵出整个的"娑婆世界"。

便又想到曙色中、暮色中的"辛丰年"。不说"江湖风雨""灯下白头"，曙色中、暮色中，毕竟有一片乐声绚烂。他就在这乐声绚烂中，

"倾听那与音响之流同在的、已成逝水的人与史的声音"。董桥说:"饱读纸上园林,可以读出自己胸中的园林";某某说:"饱读 symphony 的'辛丰年',已经读出自己胸中的 symphony。"

（初刊于《读书》一九九四年第九期）

附

录

"个边那有这样"

　　去年岁尾，应邀参加一年一度的《读书》作者聚谈会。蓦然进入到过去的情境，眼前闪过不少熟悉的面孔，虽然岁月磨洗了容颜，然而神采未变者竟是居多。当时只来得及点头问好，归来之后却并不能很快从情境中走出来。离开《读书》十八年，似乎至今仍然受惠于"十年"的滋养。

　　聚会中见到同在京城却数年难得一见的夏晓虹夫妇，承二位念旧，以内部印行的《夏至草》与《弟子书》两册持赠。既非公开发行，"外人"自难得获，因此弥觉珍重。看到《弟子书》所附"平原六十"的藏书票，又不免生出同龄之戚戚。两本书的书名都起得好，晓虹《夏至草》中的文字尤其教人爱赏。末一篇《在学术中得到快乐与永生——叶晓青〈西学输入与近代城市〉感言》记述晓青的学术生涯，更是扪心有感于同志，自许与记述者和被记述者乃同一呼吸，"在学术中得到快乐与永生"，原是彼此相契的活法。既以读书与写作为爱好，便是选择了一种认真切实追求完美的生活方式，付出的是全部心血，收获的是一生快乐，就投入与产出而言，实在是百分之百的赢家。

　　又因此忆及近年被频频提起的"八十年代"。八十年代令人感念不置者，对我来说第一是对学历的宽容。初中学历，却能够凭着一支笔，凭着对书的爱，进入光明日报出版社，进入《读书》编辑部，并且不以学历低而成为工作的障碍，而且，我在当时并不是一个特例。记得几年前在《读书》上看到一篇很有意思的文章，题目是《漫话中文系的失宠》。其中谈到"潜学历"和"潜专业"，换句话说，是有两种知识，一种是属于专业的"直接知识"，一种是专业之外的"间接知识"，二者互为作用，而它正是激发创造力的源泉。如果说八十年代有着对学历的宽容，那么也可以说，八十年代有着对"潜学历"和"潜专业"的识别与认可。这样的风气，在社科院保持到了九十年代，于是我得以在这里寻求到最为理想的读书生活。

文学所依然是宽容的，它认可、尊重并支持我的选择。而我选择的是一条细窄的路，这是在大路旁边一条偏僻的小路，它从来不是主流，也没必要成为主流。但这里有我喜欢的能够激发创造力的东西。

对传统文化的了解，走进古人的生活，乃至贴近古人的心思，有很多方法，很多途径，可以从"形而上"的"道"入手，也可以从"形而下"的"器"入手，我感兴趣的是后者。师从孙机先生考证诗经名物的过程中，一大收获是见出先秦礼乐文明原是建立在日常生活的基础上，而它的几乎每一项秩序都是靠了形而下的"器"来最终完成。因此我为自己的研究捡得一个名称，即"名物学"。这是先秦时代即已产生的一门古老学科，由于现代考古学的兴起它才中断，其实是很可惜的，它实在是考古学一个极好的辅助。

好比欣赏一首诗，吾人总是先要知道诗里的典故：故典、新典，典故用在这里的意思，然后是整首诗的意思。面对器物，也可以像读诗那样，看它的造型，纹样，设计构思的来源，找回它在当日生活中的名称，复原它在历史场景中的样态，在名与物的对应或不对应中抉发演变线索的关键。所谓"名物研究"，可以定义为研究与典章制度风俗习惯有关的各种器物的名称和用途。换句话说，是发现、寻找"物"里边的故事。——这里用的是"故事"的本意。它所面对的是文物：传世的，出土的。它所要解决的第一是定名。定名不是根据当代知识来命名，而是依据包括铭文等在内的各种古代文字材料和包括绘画、雕刻等在内的各种古代图像材料，来确定器物原有的名称。这个名称多半是当时的语言系统中一个稳定的最小单位，这里正包含着一个历史时段中的集体记忆。而由名称的产生与变化便可以触摸到日常生活史乃至社会生活史的若干发展脉络。第二是相知。即在定名的基础上，进一步明确某器某物在当日的用途与功能。我给自己设定的理想是：用名物学构筑一个新的叙事系统，此中包含着文学、历史、文物、考古等学科的打通，它是对"物"的推源溯流，而又同与器物相关的社会生活史紧密相关。它可以是诗中"物"，也可以是物中"诗"，手段角度不同，方法和目的却是一样的。

"名物"一词最早出现在《周礼》。《周礼》所作的工作即是用器物和器物名称的意义构建礼制之网，它也因此为后世的名物研究确定了概念，奠定了基础，宋代金石学也正是在这一基础上，以当代情怀追溯、复原乃至于编织远古历史。

孙诒让《周礼正义》便是我步入名物研究一途最早接触的一部书，至今觉得它是引发兴趣的入门书。条分缕析，征引宏富，自家心得融汇其内，且很少迂腐之见，当然它有着清代经学成就卓异的学术背景。困扰清代经学家的是无法以准确的图像复原三代礼乐制度，尤以舆服为甚。比如深衣，比如车制。这是戴震等人虽然花了绝大气力却终究未得其实的难题。然而依凭现代考古学，名物研究终于揭开了新的一幕，而可以"居今识古"（《文心雕龙·史传》）。观堂先生以殷墟甲骨考证三代王制更迭，提出"二重证据法"，即地上或曰传世文献与地下亦即出土文献的互证，不过所谓"二重证据"，仍是从文献到文献，是接续宋代金石学一脉。现代考古学的创立以及逐步走向成熟，却为我们走进古代世界揭示了更多的可能性。今天完全有条件使几乎被遗忘的名物学成为一种新的研究方法，而在文学、艺术、历史、考古等领域里，发现问题，解决问题，从一个特殊的角度古典重温。对我来说，名物考证过程永远是一个求解的过程，因此总是令人充满激情。

至于我所关心的"诗"，却多半不是名家名作。文学研究与文学史的写作，通常是落墨于名家和名篇（包括名家之名篇和非名家之名篇），亦即从艺术角度来看是属于文学之精华的部分；作品的艺术性，也几乎成为评判优劣的唯一标准。但同时还可以有这样一种角度，即它通过对诗（广义的诗）中之物的解读，而触摸到诗人对生活细节的观察与体验，以揭出物在其中所传递的情思与感悟，由此使得一些多半是在文学研究与文学史写作视野之外，亦即艺术标准之外的作品（包括名家之非名篇），别现一种文心文事以及风云变幻的政治史之外恒常的生活场景。

张宗子《陶庵梦忆》卷一《砎园》一篇记祖父经营的这一个园子，好在"水盘据之而得水之用，又安顿之若无水者"；"大父在日，园极华缛，有二老盘旋其中，一老曰：竟是蓬莱阆苑了也。一老咈之曰：个边那有这样"。"安顿"二字，读了很教人喜欢。问学之路的选择，又岂不是依自家心思安顿出来的一个园子，不见水，而心里时时能够感到水的滋润。盘旋其中，自可相傲于阆苑诸仙。"个边那有这样"，它是从肺腑涌向唇边的笑意。

（初刊于《中国社会科学报》

二〇一四年三月七日）

学术非时好　文章幸自由

—— 答《上海文化》张定浩问

张定浩：过去金克木先生全集没有出的时候，搜集他的书实在辛苦，因为他著作多，各种选集也多，出版单位又分散各处。在阅读搜寻您著作的时候，我就也有类似感觉。如今，十二卷《棬柿楼集》，已经陆续出版到第六卷了吧。您是怎么样来看待这套文集的？是不是至少您有关名物部分的研究，已经被这套书一网打尽了？预计什么时候可以全部出完呢？

扬之水：编纂文集原是应出版社的要求，就我自己的意愿，总觉得太早，因为事情还在继续做，做的过程中，一方面必会有新的发现，一方面也常常能纠正自己以往的认识，因此文章始终是一个不断修改的状态。实际上这套文集的编纂和出版过程也正是这样的，从交稿到看校样，直到付印之前，都在不断补充，不断修改。文集中的卷三和卷四去年再版的时候，改动也非常多。现在就盼着卷二能够有再版的机会，以便修改。这种不断修改的情况，在我已经是常态，真是抱愧，不过又是没办法的事。因为名物考证的准确性是建立在文献、实物、图像三者契合的基础上，而实物与图像一部分是分散于国内外各个地方的传世文物，一部分是时有发现的考古成果，传世文物要靠典藏机构以各种方式的展示和披露，考古成果就更复杂：一方面是发现，一方面是整理发表。当然基本思路对了，修改也就是材料的补充，如果新材料一出现就完全推翻自己就有的认识，则说明当初的考证站不住脚。不过这种情况目前来看还很少。文集是二〇一二年在人民美术出版社立项的，原计划在我退休之际出齐，算是对自己全职读书十八年的一个总结，但实际操作起来遇到不少麻烦，因此至今才出了五卷（卷一和卷八大概一两个月之内能出）。出版社准备今年出齐，但这还要看具体操作的情况。

张定浩：前些年，您曾经向读者推荐过三本书，《管锥编》《知堂书话》《金瓶梅词话》。您说，这三本书，代表您三个十年。"《管锥编》是思维方式的改变，怎么读书？怎么做学问？周作人是文体的改变，怎么写文章？《金瓶梅词话》是日常生活史的细节索引，它带我走入名物研究，直到今天。"那时候大概是二〇〇八年，从那之后又过了七八年，您觉得这七八年里在治学上自己有什么新的变化吗？如果再找一本代表您最近这些年的书，它会是哪一本？

扬之水：我好像只是说这三本书代表了我的阅读兴趣，而不曾向读者推荐，因为我一向不敢做推荐书的事。我的阅读很个人化，也很情绪化，没办法按照自己的好恶向他人推荐。虽然时间过去了七八年，但在此期间我好像没什么变化，看来要说这是影响我一生的三本书了。当然老师的书总是放在案头经常要读的。一方面是学习，一方面想想自己应该做哪些与老师不同的题目。

张定浩：一九七九年《管锥编》刚刚出版，您进入民间文艺研究会资料室，因傅信的推荐，遂将《管锥编》作为读书启蒙读物。这个读书起点可谓相当之高，又可以说是因缘际会。您说，"《管锥编》不仅告诉我怎么读书，而且告诉我们怎么做学问 —— 把关于某件事的说法，尽可能都找到身边来。"能不能具体再谈谈呢？比如您当时读《管锥编》，是按照次序这么一路读下来吗？《管锥编》谈了十部书，经史子集都有，您偏好哪些方面呢？是花了多久才把《管锥编》读完的？

扬之水：到底花了多久，已经记不清，不过集中阅读的一次是三十多年前在民研会时到内蒙古采风的四十天。那一次行程安排脱节，因此有了好多空闲，又因为本来计划是两三个月，出发的时候便带了这部书，觉得禁得住长时间读。当时还做了好多笔记，但早就找不到了。这部书对我来说不是在某些具体问题上受益，而是一种潜移默化的影响。比如海量阅读，比如看一个问题不仅要从多个角度，而且要选取独特的视角。而所谓"经史子集"在这里也是打成一片，几乎见不出分野的。

张定浩："中国学问有二类，自物理而来者，尽人可通；自心理而来者，终属难通。"您曾引黄侃的话形容您的老师孙机先生的治学。从跟随《管锥编》读书到师从孙机先生，您觉得感受最深的变化是什么？您曾说您最佩服孙机先生的能力，是他可以就一些表面没关系的东西来发现其内在的联系。这个和钱锺书所谓"东海西海，心理攸同"，似乎可以相通。只不过，一个是物理，一个是心理。而发现不同事物乃至人心之间的联系，似乎也是文学的要义。可不可以说，您一直在关心文学？只不过是以自己的方式？

扬之水：从钱先生到孙先生，不是太顺理成章了么，二者的思路和治学方法几乎相同，只是研究对象不同。也因为研究对象不同，钱先生是以发现问题为乐趣，并且以他的研究对象而言，发现本身即已经隐含了解决。而孙先生是以发现问题并最终解决问题为乐趣。师从孙先生二十多年，受影响最深的就是这一点。至于"关心文学"，我觉得自己真正在状态的时段只有写作《诗经别裁》和《先秦诗文史》的时候。作为那一阶段的尾声，是写了一组读《清真词》的文字。

张定浩：名物研究领域博大，您近年在定名与相知之外，似乎更关切具体造型设计纹样的流变。从《奢华之色》到《中国古代金银首饰》，以及《从孩儿诗到百子图》中间的若干篇章，准确简净的白描文字和细腻精美的原物图片之间，竟构成某种竞争关系，仿佛文字要发力超越图像所能呈现的静物，进而上追实物设计发生之际的瞬间情境。仿佛文学与学术在此刻默默融为一体。是这样吗？考证图画中的纹样，发掘纹样中的叙事，这和文学批评中的原型批评，是否有相近之处？

扬之水：对于理论问题，我完全茫然。抛开理论，回过头来自我总结，我想，凡是自己用力处，差不多都是因为觉得某处为薄弱环节，对于设计一事的关注，对于文字的努力追求，也是如此。中国有自己的设计理念，但是这些理念却绝少文字纪录，它多半存在于纹样本身，特别是纹样的演变中。我所说的名物研究必须做到的定名与相知，对纹样意匠之来源的认识，也是这"相知"的一部分。雷德侯《万物》一书揭示了中国艺术品制作中的模式化问题，这是他的敏锐之处，不过中国设计中还有重要的一项是移植或曰化用，正如同诗词之"用典"，这也是中国古代设计中的"创意"。我曾经从《考工记》中拈出一段话来作为中国古代设计发展史的一个基本框架，便是"知者创物，巧者述之，守之世，谓之工"。所谓"知者创物"，即有智慧、有才干者创制新式。"巧者述之",即一面遵行旧式,一面用"增修"的办法使它符合新的需要。器物的造型与纹样在制作过程中不断完善、日趋完美之后,逐渐成为稳定的图式,于是,"守之世,谓之工",是继承、传播犹系之于工匠。理解了设计思路,才能进入物的描写。这时候,准确自然是第一义,但我还希望它好看,只是做到这一点太难了,也许永远是我的一种理想。

张定浩:前人有博学与专精的细析。从您的前三部著作,《楂柿楼读书记》《脂麻通鉴》《终朝采绿》,再到接下来的三部著作,《诗经名物新证》《诗经别裁》《先秦诗文史》,似乎也是一个从博学到专精的转化。假如请您回过头来审视自己写作出版第一个十年里的这些著作,您会有什么样的感受和经验可以与我们分享?

扬之水:《楂柿楼读书记》《脂麻通鉴》《终朝采绿》,都是我的读书录。接下来的三本书中,除了第一本算是主动选择,其他两本都是应约而作,或者说是"逼"出来的。我觉得第一本应该是老师指导下关于名物研究的毕业论文,另外两本便是论文完成之后放松阶段的副产品。

张定浩:《先秦诗文史》是一本很有特点的文学史著作,它"欲从文史哲不分的浑然中抉发独特的文心文事。所谓史,却既非纵贯也非精通,而只是用了'笔削'的办法在选择中体现出评价"。但似乎没有得到应有的关注。你对此有何看法? 这是不是和我们当下的学科体制有很大关系? 联系起您读书从《管锥编》入门,这也迥异于大学中文系的通常读法。是否可以说,您的读书和治学路径,更接近于传统的中国古代学者而非受西方人文学科洗礼过的现代学者? 此外,《先秦诗文史》谈先秦典籍中的文法和笔力,不像寻常文学史,倒是隐隐教人念及前辈如周振甫、杨树达和陈望道诸君均曾治过的修辞学史。然而中西对修辞的认识一向有别，您对修辞重视有加，可否就此再具体谈一谈？

扬之水：《先秦诗文史》本来是集体项目中的一册，但完稿之后却发现它成了一首乐曲中的不谐和音，因此另外单独出版了。当时有朋友转告我网上的评论，道是书名不通，书也不是史的写法。我想读者有这样的想法也是合乎常理的。我既没有进入文学史写作的规范体系，也没有（其实是不会）使用理论术语，当然怎么看去也"不像"。现在看来，它似乎也是整个文学史写作中的不谐和音，因为至今它都不曾进入文学史写作的评论视野，就我所知，它从未经人提起。说到"修辞"，这又属于理论范畴，是我不熟悉的。我只能说是凭着自己的感觉，运用自己既有的知识储备，去努力贴近那个时代，去认识那一时代作者的文心，然后把自己的认识写下来。不必说这种认识是很个人化的，但它是否也可以算作文学史写作的别一种呢。

张定浩：《先秦诗文史》完成之后，您的治学兴趣似乎就开始转向两宋乃至明代，仿佛被吴小如先生言中，"从先秦入手，后来顺流而下"，是不是这样呢？然而当代学者似乎另外一直还有一种治学途径，就是逆流而上，从民国、晚清至明，进而再上溯唐宋先秦，您是如何看待这两种方式的？

扬之水：这一转变，得自老师送我的半部《全宋诗》。《诗经名物新证》完成之后不久，孙先生送了我北京大学出版社出版的《全宋诗》北宋部分二十五册，书装满了一纸箱，当年老师是从北大骑车驮来直接送到我家，那时候他已经七十岁了。孙先生说：这部书你以后会用得着。不过我可没这么想，因此连箱子都没打开就放起来了。直到《先秦诗文史》交稿之后，才忽然想起翻一翻，翻阅之下立刻有了兴趣，于是把南宋部分也全部买来，七十二册通读一过，从此就走出先秦时代了。

张定浩：您关注琐细物事，同时也注重这具体物事在时间中的变化。如《宋代花瓶》后记所言，"所谓传统，所谓文化，总要靠把无微不至的细节一点一点挂到时间的横竿上去，才能够有血有肉"。然而"吾生也有涯"，在那些笔调从容闲静的细密文字背后，您曾经有过焦虑吗？又是如何处理这焦虑的？钱锺书先生和孙机先生似乎在不遗靡细之余，也各自有对时代和学问的整体判断，在您这里，学问的细部和整体是怎么样的关系？

扬之水："琐细物事"，是我的兴奋点，把它作为研究对象，也就成了我的长项。因为喜欢，便不存在"焦虑"。不过老师对此不太满意，他认为我关心的"琐细物事"中，有不少很偏，很冷，不在历史的主线，即便解决了问题，也没有多大影响，至少应该小中见大。我觉得老师说得很对，但兴趣所在，很难改变，因此只能寄希望于集腋成裘，大量的"琐细物事"认识清楚了，"整体面貌"不就呈现了么。

张定浩：您的第一部书用"宋远"的笔名，"谁谓宋远？曾不崇朝"，联系您后来对宋代茶事器物的考证，这诗经里的句子竟宛若预言。您也自言最喜欢宋代。宋人的学问似乎都在笔记中，一点一滴，慢慢串成线和面，串不起来也没关系，就那么空着。这方面和您的治学思路似乎非常相通，对此您可否和我们稍加谈谈？此外，在文章写法上，李旻也曾认为您的文章秉承了宋人金石学的精神内涵，"思古之情与求新之念，道出宋人金石之美的极致和传统之流中间最富生命力的特质"。您认为这个判断准确吗?

　　扬之水:所谓"最喜欢宋代",是仅就我的名物研究而言。这一时代的诗词歌赋,有很多对于琐细物事的关注;这一时代的绘画,有很多关于琐细物事的写实之笔,因此对我们考证当日的诸般生活细节提供了极大的方便,而宋人的情趣很大一部分就包含在这些生活细节中。十几年前我曾发愿写一本自己想着可能会是比较有意思的书,名作"临安士人的一天:南宋日常生活二十三事",因为南宋的实物资料相对而言比较多,方便组织材料。当日即受到中华书局编辑朋友的鼓励,于是嘱我起草一份纲要,很快报了课题并且获准。然而直到友人退休把这一选题移交继任者,倏忽十几年过去,书稿仍只是一堆资料。今检出当年写下的纲要,看到有这样一段文字:"所举二十三事,每一事均有其事所必用之物,且事中有事,物中有物,物则源自文献、实物(或图像,或实物与图像二者兼备)之互证,即言必有据,物必有证,且有若干生活场景之复原,出处及相关的考证均作为注释置于书末,更为详细的考证则作为一两组小文章而成附录一编。挽千丝万缕入一日,而使它眉目清晰,条理分明,琐细处有耳闻目见之亲切,总之,意在使它成为一本有学术含量及学术品位的普及读物。"在这份纲要里,二十三事也一一列出,下面还各有细目。总以为必要资料丰富,方可叙事严密,左右逢源,而这还只是一方面。另一方面更要有对资料的融会贯通,如此,读史、读书,读懂又是第一要义。说来这些都是最低的标准,然而真正做到实属不易。故而迟迟未敢动笔。

　　张定浩:和您聊天,感觉学问著述对您,似乎已形成一种良性循环。您按照自己的兴趣去读万卷书、行万里路,它们和您的兴趣息息相关,滋养您,又反哺于您的著述。您对于生命和学问之间的关系,是如何理解的？很多人都觉得如今大学青年教师生存艰难，也连带学问无法做好。您对此是如何看的？

扬之水：十几年前和北大段晴聊天，她说：学术研究不能换钱，它是靠钱来养活的。"靠钱来养活"的"钱"，当然不是指课题费，而是指心甘情愿掏自己的腰包。我觉得这话太对了。关于生命和学问的关系，只能说我感谢命运的安排：在遭遇十年动乱的不幸之后，却是有幸得到美满的婚姻，遇到最好的老师，进入最佳的读书环境。

张定浩：说到美满婚姻，我想到之前看《东方早报》"文化世家访谈"，赵履坚谈襄平赵家时，曾提到您的公公是李运昌，然而也只是蜻蜓点水。您是否介意就这方面稍微谈几句？

扬之水：我和我的"家长"相识于一九七四年，那时候，他的父亲是"反革命"，一九七九年我们结婚，才知道我公公原来是一位"老革命"。他一九二四年加入青年团，一九二五年加入共产党，是黄埔军校四期生。毕业后，被派到广东汕头组织农民武装，十九岁就组织领导了上万人参加的普宁农民暴动，以后又参加了秋收起义。用我老伴的话说："父亲这辈子应该是做了几件大事的：早年投身大革命，组织领导冀东抗日大暴动，创建冀热辽抗日根据地，率领冀热辽部队先机挺进东北，这一生真是活得很精彩。"

张定浩：对您来讲，治学过程中遭遇的最大困难是什么？最大的幸福感来自何处？

扬之水：最大的幸福感，是发现问题、解决问题。对我来说，名物考证过程永远是一个求解的过程，因此总是令人充满激情。最大的困难来源于自己：记忆力太差。但没有办法，天分不足，只能以勤补拙。

张定浩:《脂麻通鉴》分三辑,脂麻通鉴,不贤识小,独自旅行。如今看来,这里面的关键词,除了"小处",还有"独自",这似乎也几成预言。倘若学问也可以称作是一次旅行,您因为几乎没有学生,所以似乎也可以称作独自旅行了。您当时就说,"我喜欢有一个大计划,然后随时随地制定和更改小计划。"二〇〇八年,在《终朝采蓝:古名物寻微》后记里,您又提及兴趣的不断变化,后来在《梔柿楼集》的后记里亦有回音。我很感兴趣的是,您这种不断变化的由来和推动是什么?

扬之水:"不断变化",一是兴趣,一是机缘,这两点都很难预设,不过常常是互为左右。兴趣也如同旅行一样有个大的趋向,但大路旁边总有无数的小街小巷,因缘际会,便随时会进入某街某巷走一走。

张定浩:《读书十年》三卷本,让我们感受到日记这种文体的生命力。您现在还每天记日记吗?《脂麻通鉴》中所载游记文字,清丽明净,我看了一下时间,当时是一九八八年至一九九四年。您这些年又走过很多地方,还有没有再写过这方面的游记文章?

扬之水:从一九八二年恢复每天写日记之后,至今一天也没中断。近年的旅游多半远离自然风光,而是参观国内外各个博物馆及古代遗址:印度、斯里兰卡、柬埔寨、印尼、日本、蒙古、俄罗斯、希腊、意大利、法国、德国、英国、美国,差不多都是泡在博物馆里,日记也都是流水帐一般的日程记录。

张定浩:那么有没有再将某方面日记出版的计划呢? 比如寻访博物馆之旅。

扬之水:有出版社约我整理这方面的日记,我想了一个题目: 参观去。可是前不久在报纸上看到一个大标题，就是这三个字，那它就废掉了。其实也只是这么想想，几年之内都还顾不上。

张定浩：您对现在出版物中的汉语用法，曾多次表达过自己的不满，比如身分和身份的用法，以及数字汉字的用法，有的形成过文章，有的在后记里隐约提及。这方面还能不能听您再彻底细谈一下（比如现在《现代汉语词典》几乎成为衡量图书文字使用正确与否的绝对权威）？

扬之水：《现代汉语词典》是用来认字的，却不是用来规范作文。写诗还有诗韵格律所不能束缚者，作文又如何可用词典来规范遣词造句。繁体字变成简化字已经少了很多字词的选择，再对某些词汇严格规范用字，就更泯没个性了。汉字的许多微妙之处常常是通过某个字来表现，或者说，这里有一种视觉上的语感，而作者的个人风格也常常是体现在用字和造句。说到中文里数字的使用，本来一篇文章里的数字与其他文字是和谐共存的一个整体，而数字在很多情况下也是一种修辞，是汉语特有的一种叙事手段。比如韩愈的名篇《画记》，可以说数字的运用正是这一篇文章的特色。再随便举一个例子，欧阳修《祭城隍神文》："请言城役：用民之力六万九千工，食民之米一千三百石。"这里也有着视觉上的语感，而用阿拉伯数字是没办法表现的。纯粹的白话也是如此，这种例子简直俯拾皆是。把中文里的数字全部改作阿拉伯数字，不知意义何在：增强了汉字的表述功能？丰富了叙事手段？增进了阅读快感？奇怪的是如今编辑与校对最不能放过的就是把"身分"改作"身份"，把"十八年来"改作"18年来"，理由是不这么改质检的时候就算错字。照这样推究，在中文里使用中文数字竟成舛误。真真教人百思不得其解。

张定浩："日就月将，学有缉熙于光明。"《梓柿楼杂稿》中您谈及读书时曾引用诗经里的这一句，我很喜欢。现在您手头在读什么书呢？可不可以再和我们讲讲手头正在做的工作？以及还有哪些想做的题目。

扬之水：我的读书习惯是按照目前关心的问题一片一片的读，因此很难举出某一本。手头必须完成的事情已经不少，想做的题目就更多，比如正仓院里的唐物，比如《金瓶梅词话》中的名物研究，都放在心里很久了。参观正仓院展我已经连续了四年，今年还会再去，而观摩实物尚只是第一步。其实每个题目都需要花大力气，人的精力和时间却是有限的。陆游的一句诗我也觉得很对心思："学术非时好，文章幸自由"，人生到了这样的阶段，就算活出滋味了。

张定浩：您小时候是在哪里生活的？读者对张中行笔下的赵丽雅印象颇深，但再往前，到了童年，似乎就无有记载了。您是否可以稍微多谈一点小时候，聊作一段童年回忆。

扬之水：这可是一个太大的题目，几句话哪儿说得完。有一篇二十年前写的小文《院儿的杂拌》，收到前几年出版的《梓柿楼杂稿》，说了点儿小时候的事，有兴趣的话，就随便溜一眼。

张定浩：您据说是黎明即起，白日工作，戌时一过即休息入睡。可以说作息相当规律。这种作息规律，您是从什么时候开始的？有没有偶尔被打破的时候？这种严格自律的作息，和您自陈的兴趣变化多端，之间有无矛盾？

扬之水：可以算作动与静的辩证法么？或者说"兴趣变化多端"是以静态的生活节奏为底色。至于早睡早起，那是从三四岁的时候就开始了，因为每天早上跟着我的外婆上公园。

张定浩：我在网上搜集您访谈时，还看到一段记录，说您一般约人见面都在下午四点以后，"因为那时候阳光没了。太阳照在身上的时候工作最舒服"。想起两次来见您，一次是中午，一次是下午两时，都是您工作的时间，不由得非常惭愧。借这个机会向您表示感激。再次谢谢您。

（初刊于《上海文化》

二○一六年五月号）

"山水读书"答问

问：您多次讲过，您的名物研究之路，最初是因为对《金瓶梅》中的服饰问题感兴趣。一九九五年拜孙机先生为师，初衷也是学习古代服饰。但着手写作学术专著时，却是从《诗经》入手，二〇〇〇年出版《诗经名物新证》。随后出版的一系列专著，《诗经别裁》《先秦诗文史》《古诗文名物新证》《终朝采蓝：古名物寻微》，也大都是以诗文中的名物为研读对象。是对自己的治学之路，事先有个总体设计吗？目光所及，从服饰拓展到诗歌，中间历程如何？

答：今天坐在这里谈我的书，谈我的读书经历，可以说是在谈上个世纪的故事，距离今天的生活已经很遥远。我很怀疑，在这个脚步匆匆的时代，会有多少人能够静下心来听上两分钟。不过好在我们这个小空间里已经有几个人，我还不是对空言说。我的读书经历比较特殊。几年前曾有一波纪念恢复高考四十周年的小小热潮，我稍稍留心了一下，写文章的都是高考登榜之士，好像没看到落榜者写文章，而我恰恰是虽然登榜却阴错阳差没能入学情同落榜，只好走上自学的路。这就决定了我的读书是完全自由、漫无系统的，不可能"事先有个总体设计"。收在《桴柿楼读书记》里长长短短八十八篇书评或曰读书随感，诗词、小说、散文、音乐、美术、建筑、哲学，中国、外国，古代、当代，可以用四个字概括，即杂乱无章。书的后记里引了老舍的几段话："第一，我读书没系统。借着什么，买着什么，遇着什么，就读什么。不懂的放下，使我糊涂的放下，没趣味的放下，不客气。我不能叫书管着我。第二，读得很快，而不记住。书要都叫我记住，还要书干吗？书应该记住自己。对我，最讨厌的发问是：'那个典故是哪儿的呢？''那句书是怎么来着？'我永不回答这样的考问，即使我记得。我又不是印刷机器养的，管你这一套！读得快，因为我有时候跳过几页去。不合我的意，我就练习跳远。书要是不服气的话，来跳我呀！看侦探小说的时候，我先看最后的几页，省事。"还有第四："我不读自己的书，不愿谈论自己的书。但是我准知道，书是别人的好。别人的书自然未必都好，可是至少给我一点我不知道的东西。自己的，一提都头疼！"对老舍的这几点意见，我特别有同感，今天不得不谈自己的书，真是前多少天就开始头疼了。老舍说的第二条，最适于自况：读得很快，而不记住，其实是记不住。也因此读了书，一定要写点什么，否则真的就雨过无痕了。那时候为自己设想的前途是做书评家。买书、读书、写书评、赚稿费，拿了稿费，再去买书，进行下一轮的周转，如此形成良性循环。这个良性循环延续下来，直到现在。因此我始终处在课题制度之外，是一种完全自由的读书和写作状态。拜到遇安师门下，从老师为我设计的"诗经名物新证"开始，算是读书有了相对集中的方向，也有了所谓专业。但名物涉及的面太广了，几乎可以说无所不包，因此特别适合我早已形成的读书方式，即依然是无拘无束的自由状态。不同的是，取得了老师传授的真经，即发现问题，解决问题。而我在选择问题的时候，也是有意避开学术热点，知道技不如人，不去竞争。

二十多年前，金银器研究的领域尚很冷清，一九九九年齐东方《唐代金银器研究》问世，是一个重要的开端。二〇〇一年，遇安师发表了《明代的束发冠、鬏髻与头面》，受此启发，我写了《明代头面》和《玉钗头上风》，可以算作自己金银器研究的小小尝试。前者是明，后者是唐，中间的宋元却是一个空白，不过一时尚未找到入手处。二〇〇五年初冬赴香港参加中国古代金饰国际研讨会，这时我正好在设计与湖南省博物馆合作的研究题目。同与会的东方兄交谈，问道："《唐代金银器研究》之后，是否还有继续往下做的打算？"答曰"无"。"那么我继续往下做，即宋元明金银器的研究，如何？"曰："正是时候，因为发表的材料已经足够多了。"前年在北大文研院举办讲座，齐东方主持，他说："金银器热可以说是我们俩掀起的吧。"我和他对视，会心一笑。我以为我们两人的研究，代表了两种方法，两个方向。他是考古学的方法：分型分式，分期断代。我是关注生活史中的各种细节以及与诗歌对应的各种物事，注重定名。他详我略，他略我详，可以互补。

关于金银器研究，当年遇安师曾有过一个设想，即由文物出版社牵头，组织一个考察和拍摄团队，拿着文物局的公函，到各地博物馆观摩拍照。如此，自然要报课题，等经费，如果经费不敷用，事情就办不成。这样一个规模的团队，花费自然不会小，经费是否能够申请下来，也是未知数。这个想法也就搁浅了。

入手湖南宋元金银器的起因，是看到《中国金银玻璃珐琅器全集》里收录了湖南宋元窖藏金银器中的一大批，而对器物的定名，多令人疑惑。比如被称作"发插"的二十件元代饰品，很可能是耳环；又所谓"金镂空双龙纹头饰"，似为梳背儿，诸如此类。机缘凑巧，承萧湘先生推介，二〇〇五年五月受邀往湖南省博物馆举办关于明代金银首饰的讲座，于是有长沙之行。馆方提供了库房观摩之便，看过临澧柏枝乡南宋银器窖藏之后，我向陈建明馆长和李健毛副馆长提议合作湖南宋元窖藏金银器的课题，两位馆长当即表示支持。长沙归来后，便开始考虑课题的内容和结构，检视旧年日记，多有相关记述。前面提到的香港会议之后，十一月十三日出发再往长沙，省博安排了一辆车，由喻燕娇和周志元相伴，往常德、临澧、津市、石门、桃源、株洲、益阳、张家界、沅陵、涟源十地的文物库房观摩出土窖藏金银器，历时十一天。亲抚实物，证实了之前我在阅览图录时的推测，对制作工艺也有了比较清楚的认识。此番在现场有很详细的观摩纪录，后来大部分成为《湖南宋元窖藏金银器丛考》的内容。

《丛考》动笔伊始，总觉得眼界尚不够开阔，于是先后往南方七省市（江西省博物馆、浙江永嘉县文化馆、义乌博物馆、温州市博物馆、上海博物馆、南京市博物馆、镇江博物馆）观摩文物，结识了博物馆界不少热心相助的朋友，搜集到一批用于参照比较的材料。与此同时，开始着手编纂此书的具体工作。经过三年努力，《湖南宋元窖藏金银器发现与研究》终于问世。

前面说到《明代头面》和《玉钗头上风》可以算作自己金银器研究的初步尝试，《湖南》这部书对于我来说，则是进入这一领域的起点，并由此开启了考察金银器之旅。说来惭愧，虽然在这之后陆续见过了数倍于此的实物，但写作《丛考》时对宋元金银器的基本认识，并没有很多改变。后面做的大部分是滚雪球式的工作。湖南宋元金银器之后的《奢华之色》，补上了《湖南》这本没有涉及而又是我特别关心的明代。但核心还是名物考证。各卷所附论文《掬水月在手：从诗歌到图画》《造型与纹样的发生、传播和演变：以仙山楼阁图为例》《罚觥与劝盏》《辽代金银器中的汉风》，也都是围绕名物考证。之后的《中国古代金银首饰》，和出版社签署合同的时候，原是《中国古代金银首饰小史》，没想到写成了三卷，其中专讲明代的一卷差不多一半是《金瓶梅词话》的金银首饰考。写专著和写论文常常是同步，如《王士琦墓出土金银器的样式与工艺》《南方宋墓出土金银首饰的类型与样式》《读物小札：吕师孟夫妇墓出土金银器细读》《双鬟风嬝莲花：蕲春罗州城遗址南宋金器窖藏观摩记》《"繁华到底"：明藩王墓出土金银首饰丛考》，等等。前年在生活书店出版的《中国金银器》，把之前的大部分研究成果都放进去了，换句话说，既往我做过的诸多个案研究，是《中国金银器》的基础。也因此有不少重复，当然也有很多改动，更有大量的补充。可以说是用刷新和拓展的方式，后面的把前面的覆盖了。这种覆盖方式当然避免不了重复，大雪球是用小雪球滚出来的。你可以说小雪球先放着，等滚成大雪球再出版不好吗？可人的认识是有阶段性的啊，吃到第三个馒头才感觉饱了，早知道应该先去吃第三个才对，道理差不多是一样的。再一个，有研究心得发表出来，获得学界认可，才能有更多机会到各地观摩，亲抚文物，否则文物部门凭什么特别为你提供方便呢？这也是一种良性循环。

问：您亲自整理编纂的《湖南宋元窖藏金银器发现与研究》，作为一项专业性极强的工作，对您的研究有何帮助？全国各地看博物馆，对文物亲自上手，现场观摩，眼见为实，多角度拍照，高清大图，看清背面细节，获得别人不知道的细节，对正确解读有何帮助？

答：湖南各地考察金银器之前，虽然也有过在博物馆库房观摩文物的经历，比如二〇〇三年在江西省博物馆库房，不过数量很少，借用考古学的术语，就是这个数量不能构成"排队"的规模。经过湖南考察，才充分认识到亲睹实物的重要。有时一次不行，还要看第二次，甚至第三次，因为我缺少过目不忘的天赋，只能下笨功夫。刚才提到的《"繁华到底"：明藩王墓出土金银首饰丛考》，就是追踪看展的结果。起因是二〇一三年往南京参观南博举办的"金色中国：中国古代金器大展"，金器展陈规模空前，近半数不曾发表，更不必说公开展览，真是远远超出预料。不过满载收获的同时，也带来许多疑惑，如蕲春明荆藩王墓出土的一批金银首饰，在展览说明和同名展览图录中却是这样的器物名称："金球""金镶宝石浮雕骑马交战头饰""金镶宝石五仙人火焰纹头饰""金镶宝石仙人乘车簪""金镶宝石仙人采药簪""金镶宝石善财童子簪"。虽然我按照自己的认识重新为器物命名，如金穿心盒（"金球"）、三英战吕布银鎏金满冠（"金镶宝石浮雕骑马交战头饰"）、金镶宝三大士满冠与金镶宝三教祖师满冠（"金镶宝石五仙人火焰纹头饰"）、金镶宝摩利支天像挑心（"金镶宝石仙人乘车簪"）、毛女金簪（"金镶宝石仙人采药簪"）、金镶宝观音挑心（"金镶宝石善财童子簪"），不过终究是隔着展柜，细节不能完全掌握。特别是金镶宝观音挑心，从图像特征来看应该是鱼篮观音，但缺少一个关键的道具：鱼篮。次年武汉博物馆举办"金黄璀璨的夕唱：蕲春明代荆王府墓出土金银玉器展"，我专程前往的时候，又委托朋友联系了蕲春博物馆，于是二〇一五年五月和六月连续两次往蕲春博物馆，得以亲抚实物。在馆方所赠《湖北蕲春荆王府》一书中看到有一件文物名作"银篓里放金鱼"，不免奇怪，因此希望能够看一看。此物取出来，一眼认出它正是金镶宝观音挑心上面的构件：鱼篮。那么这一枝挑心的纹样是鱼篮观音，是毫无疑问了。没想到在场的王书记说了句："鱼篮在，观音走了。"原来观音挑心已由湖北省博物馆收藏。二〇一六年五月，我又往湖北省博，在库房零距离观摩此物，一面确定自己的推断，一面了解到更多的细微之处。于是为出土于明荆藩王墓的金银首饰一一定名，同时受蕲春博物馆委托，促成它在浙江省博物馆以全新面貌展出，展品说明和同名图录中的器物名称及纹饰解读，大部分取用了我的意见。

四川平武王玺家族墓地出土的一大批金银首饰，也是通过追踪看展才逐步完善定名的工作。发掘简报最初发表在一九八九年的《文物》，都是黑白照片，很难看清细节。我的老师在文章里援引了其中的几件，并且根据黑白照片画出线图。不过尺寸很小的金银首饰如果不是亲眼看到实物，或者退一步，手里有可以在电脑上放大观察的高清照片，是很难掌握细节的，而细节往往就关系到纹样的解读。王玺家族墓地的正式发掘报告至今未见，前几年总算出了一本全彩印的图录《四川平武土司遗珍》，不过按照我的标准，不能在电脑上放大看终究还是有"隔"的感觉。几次去四川，多方打听这批文物的收藏单位，但说法不一。后来还是霍巍了解到省考古院有一部分，并且帮忙联系观摩，这样终于接触到了十几件，只是不能拍照。一大收获是观察到之前被名作"仙宫夜游"的一枝金簪，所谓"马头"其实是一只捣药的兔子，而一众人物里，特别插入了一个"掬水月在手"的图式，那么纹样的主题便应该是"广寒宫"。在《中国金银器》第一版里有关于这枝金簪的解读，之后学友廉萍提出来所谓"广寒宫"，应该就是唐明皇游月宫。被她一语点醒，之前所以没有这样想，是因为它的构图与唐明皇游月宫的传统图式很不相同，如此，是不是可以认为这正是这枝金簪的创新之处呢？《中国金银器》三印的时候，就把金簪的名称改作唐明皇游月宫了。这是后话，再回到前边。当年看过实物，却不能拍照，到底还是不甘心。于是又等到了机会，二〇一九年十月四川博物院办了一个"物色：明代女子的生活艺术"展（展览名称正是我二〇一八年出版的一本书的书名），以王玺家族墓出土首饰为主，自然是立刻出发前往观展，拍到了大致满意的照片，至少是能够在电脑里放大细看。稍觉不足的是仍然隔着玻璃，因此看不到背面结构。直到去年初夏泸州博物馆举办了一个"金色大明"展，王玺家族墓出土首饰正是展览的一大内容。机缘凑巧，受邀往泸州讲座，于是馆方提供了撤展时候的观摩之便，由此不仅确认了我之前的定名不误，而且丰富了对细节的认知。这些新收获都有待于补入《中国金银器》的重印本中。

问：《诗歌名物百例》，是您积三十年研究之功，素日研究心得集腋成裘，汇成一册。最近《南方周末》刊登了钟锦《诗歌注释传统和〈诗歌名物百例〉》，提到："可以不夸张地讲，这是诗歌注释传统转向历程中的一个事件。""虽说名物考证在李善之前本是注释的一项内容，但诗歌注释由词语出处转向全面考据之后，对名物的关注却并不是回归，也不是回归后的深化，而是迎来了一个新的突破。"您是如何实现注释传统的这一转向，这一突破？

答：很感谢钟锦兄写了一篇理论色彩很强的书评，也因此把《诗歌名物百例》升华了一下。这是从文学经典的角度立论。当代文学笺注的成就，并不止于传统意义上的经典，作为通俗作品的剧曲、小说早就受到高度关注。顾学颉《元曲释词》、方龄贵《古典戏曲外来语考释词典》、王利器《水浒全传校注》，还有各种版本的《红楼梦》词典、《金瓶梅》词典，等等，虽然偏重于语词，但都包括了大量的名物，只是共同的遗憾是用于举证的材料是以文献为中心。词典通常有插图，但不是"文"与"物"的契合，是"文"和"物"脱离或半脱离的状态。我觉得《百例》应该更接近这个当代文学笺注的路数。如果说"新的突破"，那么就在于把考古成果纳入视野，通过名物考证，把以往仅凭文献无法解释通透的问题解释通了。这是时代赋予的便利，当然也成为我们不应辜负的使命。其实各种解释途径都通向对作品的理解，而实物证据能够使物象变得具体。比如《百例》里的一个词条"春幡"，六百多字，四个图。这是把一篇考证文章的结论摘了出来。文章最初发表的时候并不长，题作《人胜·剪䌽花·春幡》，在《南方文物》二〇一二年第三期刊出。我觉得自己对这个问题的认识是对的，只是作为物证的证据链上还有缺环。二〇一四年初春，浙江省博物馆动议举办定州两塔文物展，我受邀随同考察，得以亲抚定州博物馆藏品，于是在观摩现场我发现了——应该说是认知，因为它早就在那儿，只是等着我去叫出它的名字——实物证据"宜春大吉"银春幡。而这枚银片很不起眼，出土以来未见介绍，更不曾展出，原本是不在入选之列的。当时真可以说是狂喜。之后，整理宜兴北宋法藏寺塔基文物的浙博朋友又向我展示了塔基出土的一枚镂花银饰片照片，饰片用于装饰吉语的牌记上打制"宜春耐夏"四个字，于是立即断定它是春幡，南宋杨万里所咏"䌽幡耐夏宜春字，宝胜连环曲水纹"，正是这一类节令时物。联系之前掌握的不同时代的相关实物，一条完整的证据链呈现出来了。当然也就很快奔赴宜兴去看实物，确定了自己的判断。

问：为文物定名，有时像破案。您能不能举几个破案的例子？

答：为文物定名，不是"有时像破案"，而是通常像破案，或者说是不断追寻证据的过程：发现问题，寻找解决的证据，一个一个证据形成证据链，疑案也就破解了。比如《百例》里边的"灯毯"条。这个词条的释文只有三百余字，用作释读的图有七个：辽宁省博物馆藏《簪花仕女图》局部、五代吴越国康陵出土玉灯毯构件与组合、定州净众院塔基地宫出土银瓶上的灯毯、济宁汶上县宝相寺塔地宫出土金棺银椁系坠的银灯毯、宋墓石刻局部、奈良国立博物馆藏铜鎏金佛像冠饰残件、南宋木造观音坐像。来自七个地方：辽宁省博物馆、杭州临安区博物馆、定州博物馆、中都博物馆、泸州博物馆、奈良国立博物馆，最后一个是从《仏像 中国·日本》一书上扫描。

《簪花仕女图》是古代绘画中的明星，在很多图录中都曾看到，总觉得美人的插戴中似有灯毯。辽宁省博物馆新馆开放时前往观展，书画厅里正在展出这一幅真迹，因此得以近距离细细观摩，美人头顶簪花之外，高髻上更插着凤鸟为钗首的一对金步摇，凤鸟口衔垂覆金花叶的璎珞灯毯，合肥南唐墓出土一枝系缀灯毯的银步摇与之相仿，此番方认得真确。

读文物出版社二〇一四年出版的发掘报告《五代吴越国康陵》，留意到康陵出土一枚"玉香囊"，报告说它出土于棺床头骨近旁，由两个空心的半球扣合而成，顶端中心有个小孔穿系铜丝环，底端中心也有个小孔，吊缀铜丝环链，环链中腰穿一个铜丝缠绕的橄榄球，末端一个小玉坠。半球直径二点一厘米、高一点八厘米。尺寸如此之小，似难容物，因此怀疑它或非香囊之属。二〇一八年秋，受邀往浙江省博物馆举办讲座，于是请浙博的朋友帮忙联系到正在建设新馆的临安文物馆观摩康陵出土玉饰件。亲睹实物，"两个空心的半球"，都是只有浅凹，几乎不存置物的空间，两相扣合，大小不及拇指肚，而分量极轻。与《簪花仕女图》中美人的插戴以及南唐墓出土银步摇相对看，可以推知所谓"玉香囊"，正是一枚玉灯毬。同墓出土数量不少的玉饰件，其中或有与它合成一挂的构件。后来临安文物馆新馆开馆，展陈的时候就采用了我的说法。

发现泸州博物馆藏宋墓石刻女子插戴灯毬是在二〇一四年春，二〇一七年五月三号往新开馆的定州博物馆参观，发现塔基地宫出土银瓶上的灯毬，同年秋天往济宁，在中都博物馆发现汶上县宝相寺塔地宫出土金棺银椁系坠的银灯毬。二〇一九年秋，在奈良国立博物馆发现铜鎏金佛像冠饰残件也是一挂璎珞灯毬。而在《仏像 中国·日本》图录里看到了插戴的完整样子。这本图录是在京都的降价书市上买到的，当时和刘晓峰在一起，我们同时看中，承蒙他让给我了。如果不是做这个节目，如果不是一再被要求举例，我也不会去这样详细疏理发现过程。本来也没有现成的纪录，只是因为照片有拍摄日期，又有和照片对应的出行日记。疏理的结果，我也才知道，这一则三百多字的释文，用了五年时间得到的七幅图——应该是八幅，南唐墓银镶玉步摇我给省略了——构成了大致完整的诗歌、图像、实物互见的证据链。至此，才算是完成了释读。

"掬水月在手"一条，是摘自刚才提到的《奢华之色》卷一中的附论，对这个纹样的认知也是一个不断追寻证据的过程。做湖南课题时在株洲博物馆调研，展厅里看到出自攸县丫江桥元代金银器窖藏的一枝金簪，簪首绕图一周是枝叶纷披的朵朵菊花，花丛间一个山石座，座上一个金盆，略略俯身的一位女子，双手伸向金盆。展品说明作"金盆洗手图金簪"。"金盆洗手"是近世的一个俗语，有约定俗成的意思，用来为这枝金簪纹样命名，显然不合适。那么这一"金盆洗手"的场景究竟取自什么故事呢？归来后从文献和图像中寻找线索，找到宋元绘画中与金簪纹样一致的《浣月图》及明代的一幅《金盆捞月图》，而元散曲中正有与此情景对应的歌咏，题作《掬水月在手》。那么丫江桥金簪的取材是来自当日流传的同题绘画，即"掬水月在手"诗意图。不过考证到了这一步，仍感到欠缺，因为这应该不是源头。于是追源溯流一步步推进，不断寻找证据，终于完善了证据链，勾画出从诗歌到图画、由唐宋至明清，"无声"与"有声"互为影响、互为渗透的一个纹样传播史。我在文章结尾处写道："这一条线索使我们有可能拼缀起曾经有过的生活图景，并发掘出把诗意凝定为各种造型艺术的才智和匠心。"有评论说，"这篇论文是同时在文学研究和文物考证两方面取得双重成果的典范之作"（蒋寅《成为绝学：朴实与奢华 —— 扬之水〈奢华之色〉评介》），我很感念这样的认可。当然作为一个词条收入《百例》，已是缩减为五百多字，五个图，是略述脉络，直接把结论捧出来。

收在《百例》里的"内家新制"，是一个发现和验证的过程。这一条四百来字，只有一个图，就这一个图，也是有故事的。上世纪七十年代末，常州武进村前乡南宋墓出土"中兴复古"香饼一枚，它在《考古》杂志发表的简报上被称作香篆，只有一个黑白照片，并且只有一面。我在二〇〇四年发表的《龙涎真品与龙涎香品》一文中考证这一枚"香篆"应该是香饼，为内家香。十一年后往常州博物馆参观，特别向馆方提出请求看一看这枚香饼。原来它入藏后还一直称作香篆，馆里人说，"因为搞不清质地，分类保管的时候就归在陶器了，又因为不知道此物的重要，没把它当回事，专家来这里定级文物的时候，都没把它拿出来"。承馆方惠予观摩，终于得见真身。小小一枚，灰扑扑不辨质地，没有任何气味，模印的"中兴复古"四个字清清楚楚隆起在表面。拿在手里，分量极轻，同行的老伴也掂了掂，然后小心翼翼翻过来，背面竟是模印一左一右蟠屈向上、身姿相对的两条龙，此物出自禁苑，完全可以确定了。几个月后，在浙江省博物馆举办的"香远益清：唐宋香具览粹"展览中，"中兴复古"香饼便第一次登场展示在公众面前，就此成为名品。

我为《百例》词条定的标准，是收录自己的研究心得，但有几个例外，一是《引言》里说的，"其中有关《诗经》名物的几则，写作时间最早，乃三十年前初从遇安师问学，老师悉心指授所得"。此外是"弹棋局"条，这是摘自早年写下的《弹棋局》一篇，原为遇安师指导下的习作《古器丛考三则》中的一则，最初发表于河南艺术研究所主办的《东方艺术》一九九七年第三期（这个杂志早就停刊了）。您刚才说到《诗歌名物百例》，是我积三十年研究之功，这"三十年研究之功"也包含了早年老师悉心指授的心血。

问：二〇一八年出版《物色——金瓶梅读"物"记》，可否看作终于回归初心？ 回望来时路，苍苍横翠微。——回望来时路，您有何感想？ 如何总结自己的学术历程？

答：这本书可以说是我的一个心爱的题目，它是名物研究的入口处，即便时时走开却不曾忘怀，只是轻易不敢动笔，生怕写不好给糟蹋了。曾经的设想是一部大书，囊括《金瓶梅词话》里的所有名物，但是越来越觉得这个设想很难实现，而再不动笔恐怕就更写不出来了，结果就是出了这么一个戋戋小册。近期中华书局准备重印，我补了一篇关于李瓶儿出殡的长文，是初版之后唯一增加的研究成果。

没想过"总结自己的学术历程"这个问题。只能说最感觉舒心的是，自己为自己创造了一个自由写作的环境，当然这一切离不开老伴的支持。我们就是一个精诚合作而且受法律保护的课题组，欣慰的是每个课题都能赢得几千赞助人，赞助人就是每本书的读者，所以良性循环才能长期维持下来。我曾多次引用陆放翁的一句诗"学术非时好，文章幸自由"，我以为这就是最佳的治学状态。在写作上，也有自己的一定之规。所谓学术规范，着力点应该是在杜绝抄袭，而不是斤斤计较常见文献的引用，比如二十四史的引用要一一注明作者、页码，学界人人熟知的诗歌也要一一注明来源，在信息发达的今天这是几秒钟就可以查证的，实在不必在这上面浪费版面。读者的关注点其实也不在此，而是著述中的闪光点，即发明创造之所在。

问：《梼柿楼读书记》是您的处女作，一九九三年出版，印数不太多，市面很难找到，孔夫子旧书网上现在价格到了四位数，很受收藏家追捧。您为什么不同意重印呢？有没有"悔其少作"的因素？拜师温卷之作《脂麻通鉴》也没有重印。这种写作手法，和您后来的名物研究之路，在您自己心目中，有无优劣高下之分？还有哪些书决定不再重印了？

答：一开始我就提到了《梼柿楼读书记》，说到它显示了我早年的读书轨迹，它对我的意义也正在于此。收在书里的一篇《对于惶惑的惶惑》，是关于《从包豪斯到现在》的书评，书是讲现代建筑的，印象中这是我在《读书》上发的第一篇文章，大概是一九八五年，那时候我还没到《读书》来呢。这本书可以称作"少作"，虽然写的时候已经不"少"，但是并不"悔"，因为这正是之后研究名物所必需的基础。拜师温卷之作《脂麻通鉴》，老师还是很赞赏的（老师曾为它写了两首诗，而且很意外，这两首诗还收到近期出版的八卷本文集中的《遇安诗存》），否则也不会接纳我。至于高下优劣之分，我还真没想过。只是觉得这两本书对我自己是很有纪念意义的，但恐怕今天的读者会觉得过时，所以不值得重印。

问：我观察到的您的治学方法，有抄录文献，整理卡片，每天做读书笔记，经眼的文物手绘线图（像孙机先生老一辈学人一样，《诗经名物新证》等书中的线图是您自己画的）。我们现在写文章难免多借助电脑检索。您觉得不同的治学方法，各有什么长处与不足？

答：传统的治学方法和如今的电脑检索相比各有什么长处与不足，我无法比较，因为我电脑检索至今停留在初级阶段，远不能熟练运用，其实也很少用，主要还是依靠阅读纸质书。我相信这和电脑检索的高效简直没法比，也知道自己早就落伍了。也许很快人工智能就会发展到可以解决古器物定名的问题，在电脑里存入上亿或上万亿不同角度的图像数据，再如何如何，于是输入某个问题，它就可以给出答案，成为一种纯粹的技术性操作。其实前不久《解放日报》的采访也提出了这个问题，我引了谢泳的话，主要有两点，一是原始阅读有如艺术活动，二是它有着学术研究的趣味。是不是人类在进化过程中要逐步去掉"趣味"呢，那时候人类会是更高级或者相反，我就想象不出了。

二〇二四年四月

外 婆 家

第一次来北京，我三岁。妈妈在福建省计量局工作，往沈阳开会，就带上我，路过北京，把我寄放在外婆家。

外婆家四口人：外公、外婆、小舅舅，还有一位，外婆叫她炕妈，是保姆。外婆十七岁生我妈，下面三个儿子：二毛、三毛、四毛。外婆的父亲名金永炎，湖北黄陂人，是黎元洪的同乡，做过他的幕僚，还做过时日很短的陆军次长，四十七岁就故去了。外

我的外婆

婆的大哥在日本东京帝国大学留学，同学中有一位老家在广东新会的日本华侨，学土木工程，毕业后一道回国，先到了外婆的家里。外婆一见钟情，便要订下终身，但大哥、大嫂坚决反对，因为与外婆的门第相比，外公算得是贫寒人家，而且比外婆大十一岁。外婆于是跟随外公毅然出走，从此再没回过黄陂。那一年她十六岁。父亲死后分在

她名下的若干亩土地，她全部让给了哥哥。

外婆生育早，又很注意保养，我来北京的时候，她四十多岁，特别显年轻，和我妈在一起，人们常常会误作姐俩。领着我出门，也会被认作母女。我小时候长得很可爱，又乖，外婆见了非常喜欢，她信基督教，便开玩笑说我是上帝送来的小天使，于是留在身边舍不得让我离开，还给我上了北京户口。

妈妈也舍不得我，又一次到沈阳出差的时候，就把我接了回去。然而工作实在太忙，且常常出差，外婆又特别想念我，因此决定还是把我送到北京。一九五九年初，妈妈为我买好福州直达北京的车票，然后把我送上车交给列车员。当时的北京火车站是在前门，外婆到前门火车站把我从列车员手里接回来。列车员说，我一路都很听话，而且大大方方在车厢里唱歌跳舞表演节目。这一次去办理户口的时候，派出所的人特别说了一句：今年以后，如果再迁出的话，可就不容易进来了。

外婆家位于南池子，当时的门牌是南池子北井胡同六号。小小的一个独门独院，北房两间，一明一暗，明间客厅兼餐厅：前面一对沙发，是待客的空间；后面一张餐桌，是吃饭的地方。冬天，中间生一个煤炉，炉边总顿着一壶热水。原初炉身有一圈镂空的花边，是所谓"花盆炉子"，大炼钢铁的时候把花边敲去炼钢了。暗间是卧室：一个床头柜，一张双人床，靠墙一个带穿衣镜的立柜，对面是大圆镜子的梳妆台。西房两间，北房和西房之间也是一间小屋子，周围没有窗户，但房顶开了一个很大的天窗，我就住在这一间。南屋炕妈住，兼做厨房。东屋堆杂物，东南角是厕所。东北角一棵大槐树，夏天为整个小院撑起一片荫凉。北房门前有个很小的花栏，却因为槐树遮阴，种什么都长不好，只有几株野茉莉尚能发花。

十六岁嫁给外公，外婆做了一辈子家庭妇女。我到外婆家的时候，小舅舅还在北京石油学院读书，一周回家一次。外公在铁道部工作，二级工程师，月薪二百六十七块，十块钱寄给新会老家的妹妹，其余全部交给外婆。十五号是发薪水的日子，一家三口总会到南河沿的文化餐厅吃西餐。土豆沙拉、炸猪排、罐焖鸡、奶油鸡蓉汤，好像永远是这几样。每次到外面吃饭，外婆都会带一个铝饭盒，吃不完的装在饭盒里带回来。三年困难时期，外公享受补助，每个月都可以买到猪肉、鸡蛋、白糖、中华烟、牡丹烟各一条。家里没有人吸烟，烟就送给朋友。

外婆识文断字，喜欢看小说，《野火春风斗古城》《烈火金刚》《小城春秋》《林海雪原》，还有姚雪垠的《李自成》。最喜欢的是爱情小说，《红楼梦》自然奉为第一。她一辈子为自己选择的爱情而骄傲，常说世间爱情最伟大。我的婚姻印证了外婆的理念，　丈夫的爱情实践超越了古今中外所有爱情故事中的男主人公。当然这是后话。听京戏，是外婆的一大爱好。家里有个留声机，外婆听京戏，外公听粤剧。但外公天天上班，听粤剧的时间是很少的。外婆偏爱青衣，青衣戏自然以才子佳人居多。东安市场有个吉祥戏院，经常上演京剧。外婆去十次，会有九次带着我。有一次说好不带我去，也没买我的票，出门时我说送送外婆，一直送到南河沿口，外婆心一软，说一起去吧，到那儿补张票。吉祥戏院有门开在东安市场里面，旁边一家小吃店名丰盛公，卖奶油炸糕（一两四个，两毛四）、小豆粥、杏仁豆腐，还有艾窝窝。斜对过的一家商铺卖珠花，一枝用细白珠子穿缀而成的珠凤，平展着翅膀，凤头扬起来，口里衔着珠串，我站在柜台前呆呆看着不走，外婆就给我买下了。

外婆手巧，最拿手的是织毛衣，会织各种花样，而且还有自己的发明创造，因此多与常见的不一样。用毛织品把我打扮起来，是她的一大乐趣。毛线帽、毛围脖、毛衣、毛裤、毛裙子，今年穿过之后，拆掉，再织新的花样。外婆早上五点钟起床，六点钟带上毛活儿去公园。最常去的是中山公园和文化宫，前者门票五分钱，后者三分钱，外婆是买了年票的。我总是紧紧跟随，因此从小养成早起的习惯。从中山公园南门进去，不远处一个白色的藤萝架，外婆喜欢坐在藤萝架下打毛活儿。藤萝架往西，有水榭，水榭对面是唐花坞，唐花坞里最可爱的是含羞草，手轻轻一碰它，叶子就合上了。开在公园里的来今雨轩，既有正餐，也设茶座。正餐很少去吃，多半是买那里的冬菜包子，一两一个，一毛钱，细褶高庄，馅里的肉末是先煸过的，和用生肉馅包的包子味道不一样。文化宫里有一家卖山东馒头，戗面的，用的是富强粉，二两一个，有时候也会去买了带回家来。

外婆家的炕妈，我叫她姥姥。这个姓很怪，外婆说，姥姥来的时候连名字都没有，因为要上户口，外婆给起了名字叫炕淑芹。姥姥的丈夫是蹬三轮的，婚后姥姥一直没生育，丈夫就又娶了一房，生子名小七。姥姥对小七很好，工资差不多都给了小七，但小七总是拿了钱就走，很少陪姥姥坐一会儿，聊一聊。有一年在南京工作的大舅舅来北京，逛了故宫回来对姥姥说："你长得很像慈禧太后啊。"姥姥答道："我哪儿有她那个福气哇。"不过我总疑心她是满人。外婆定居北京后，学得一口标准的普通话，姥姥却是地道的京片子，语言很生动，还会很多童谣。与人对面，都是称您。他，则称怹，比如说到我外公。姥姥拿手的都是北方菜：茄子塞肉、青椒塞肉、炸藕合、红烧带鱼，韭菜合子，用西葫芦和面做糊塌子。外公外婆都能接受，因为定居北京之前的十几年里几乎跑遍南北，也能适应不少口味了。外婆教给姥姥做的一个家乡菜是珍珠丸子，不过春节之外，平日很少上桌。一日三餐，只有早点一成不变，永远是牛奶、鸡蛋，黄油果酱抹面包。我生病的时候，外婆就让姥姥给我蒸鸡蛋羹，煮瘦肉粥。有一种吃食，姥姥常和我提起，便是面茶，但好像总没有机会去吃。一九六六年春夏之交，姥姥忽然决定一定要带我去吃一次，是在西单南大街的一家回民餐馆，隐约记得叫作西来顺。面茶的味道已经忘了，留在记忆中的是一种感觉：那像是一次告别。

外婆爱美，出门总要化淡妆。旗袍显出腰身的苗条。烫发在王府井北口的四联理发馆，但那是很长时间才去一次，平日就只是在家里把火钳子烧热了自己烫。也给我烫刘海，烫辫梢。来北京不久，外婆就教我给妈妈写信，信写完了，外婆给我涂上口红，要我把嘴唇印在信纸末尾。我对看书有兴趣，外婆就带我到王府井，在帅府园口上的新华书店买书，台阶下面是连环画亦即小人书，留到今天的，有《百鸟衣》《野天鹅》《居里夫人》。台阶上面是青少年读物，买过《大林和小林》《小布头历险记》。

到了外婆家，我就没再上幼儿园。七岁那年，该入学了。按照规定，必须是九月一号前满七周岁，而我的生日晚了五天。外婆带着我去了南池子小学、北池子小学，一概被拒。最后到了离家稍远即位于南河沿的东华门小学，外婆央求再三，依然得不到通融，因为名额已经满了。我忍不住放声大哭。接待我们的是校长和教导主任，校长姓金，主任姓徐，徐主任于是答应尽量想办法，一旦有人转学，立刻通知我们。结果真的有了这样的幸运。

外婆对我特别疼爱，还有一个原因，即我长得很像二舅舅，尤其是双眼皮大眼睛，和父母都不像。二舅舅我没见过，他在北京林学院读书，学生期间到农村实习，回来后学生干部问他所见所闻，他说了一些负面情况，"反右"的时候被划作右派，发配到青海劳动改造，在那里得了肺结核。一天早上，外婆对外公说：我梦见三毛来和我告别了，穿了一身血衣。那一天果然收到来自青海的包裹，是二舅舅的遗物，中有一件棉袄，前襟上带着血迹，大概是咳血所致。那一年，他二十二岁。

外公秉性忠厚，讷于言，一口乡音始终不改，也是与人交流的障碍。因此只是一心忙自己的专业，家事概由外婆操持。嫁给外公，经历了近二十年的颠沛流离，直到解放，定居北京，外婆才有了她所想望的安逸的生活。外婆常常说："真要感谢共产党，不然哪儿有这么好的日子。"

外婆喜欢的这个独门独院，是到北京后用了若干斤大米买下的。它所在的北井胡同是只有七个门牌也就是七个院落的小胡同，不能通向其他地方，北京人叫作死胡同，即每每标示"此巷不通行"的那一类。小胡同里有个拐脖，拐脖处一口井，井水是苦的。胡同尽头处是三号，院子很齐整，住着两户人家，一家姓高，一家姓边，男主人都是工程师，高家的女主人和外婆常有往来，高家三个女儿，小女儿是我的玩伴。二号是个两进的四合院，一户人家，家里有一辆当时很少见的摩托车。井边的一个院子是大杂院，其中一户人家的男主人在良乡公安局工作，女主人是街道居委会主任。

北井胡同的位置大约在南池子的中腰，路东。往北不远是冯家胡同，也是一条死胡同。胡同里有一户中医，家中女儿乳名小慧，大我一两岁，长得很漂亮。多年后在故宫与已是书法家的小慧意外相遇，说起我外婆，在她口中依然历历如绘。冯家胡同往北有家私人诊所名雍华医院，街面很小，里面大有乾坤，好几进，还有后花园。再往北的一条长胡同名葡萄园，胡同里有个普度寺，当然已经不是寺，而是一所小学校。葡萄园里胡同套胡同，往东穿行就接上磁器库胡同，出去是南河沿大街。葡萄园的位置已是靠近南池子北口，胡同口上有家洗衣店名普兰德，外公的呢子衣服会拿到这里来洗。洗衣店旁是个早点铺，卖油条、油饼、烧饼和豆浆。油饼一两粮票六分钱，糖油饼一两七分钱，油条一两九分钱。早点铺对面一家酒馆，好像只卖啤酒，还有切好的肉肠，宽大的玻璃窗近乎落地式，能看见里面喝酒的人。小舅舅的好朋友李英每天都在这里喝啤酒。

北井胡同往南是箭厂胡同。后来才知道，胡同里住着的一户，大儿子是我老伴的高中同学，他妹妹和我老伴说："我知道你爱人，小时候两只大眼睛，让她外婆打扮得像洋娃娃。"箭厂胡同五号是袁世海的住宅。再往南，依次是灯笼库胡同、缎库胡同、南湾子。缎库胡同里住着罗瑞卿。南湾子通向南河沿，李英就住在南湾子。他参加过抗美援朝，阅历丰富，很会讲故事。南湾子往南的一条胡同名表章库，过去就是皇史宬了。北井胡同向北的斜对面一个灰色的大铁门，是张云逸的住宅。向南的斜对面有个石头缝胡同，也有人叫它南井胡同。再向南，是一所急救站，上方大字写着：电话五五　五六七八，车库里停着华沙牌小轿车。文化宫东门就在急救站的不远处。再向前，是冰窖胡同，胡同口有家菜站。南池子副食店在菜站对面，卖油盐酱醋和糕点，还有小百货。菜站旁边是粮店。粮店里卖的粮食分装在方木柜里，木柜之间设台秤，售货员用撮斗从木柜里撮出粮食放在台秤上称分量，然后由漏斗倒向撑在下面的粮食口袋里。粮店再往南的一条胡同叫作飞龙桥。南池子南口有条银丝沟，银丝沟边还住着不少人家。

出南池子北口，对面一条街是北池子，向西，是紫禁城的东华门，向东，是东华门大街。路南有东华门副食店，旁边一家委托商行。再向前，是家澡堂子，名福海洋，外婆带我在这里洗盆堂，单间，四毛五。对面一家琴行，常年卖星海牌钢琴。琴行左近一个餐馆名蓬莱春，我上中学的时候曾在这里包饭，中午一顿，每月十块。接着就是二十七中，孔德学校是它的前身。一九六八年以后的几年，二十七中曾分出一个学校名延安中学，我在这里读的初中，但很快就又与二十七中合并，除了当事者，如今已经没有多少人知道这个名字了。

东华门大街走到头是一条横马路，向南是南河沿，向北是北河沿。南河沿的道树是合欢亦即马缨花，也称椿树，六月到九月，马缨一般的一朵朵小粉花开满树，幽香溢路。南河沿把角处一带砖墙，露出里面的琉璃瓦顶，这里叫作翠明庄，是组织部招待所，我妈在省委组织部工作的时候，来北京出差就住在这儿。东华门大街东口路北有临街的一所平房，先是出租小人书，后来成为校外活动站，辅导员姓徐，南方人，团团脸，白白净净，待人和气。

南河沿过去又一条横街，是皇城根大街。过了皇城根，就是直通王府井的东安门大街。路南有中国儿童艺术剧院，我在东华门小学读书的时候，学校经常在这里组织活动:看话剧，联欢会。《马兰花》《神笔马良》《小铁脑壳历险记》，都是在这儿看的。联欢会上，我曾登台表演过京剧清唱《四郎探母》。儿童剧院对面一溜儿高台阶，一家副食店名长发德，还有切面铺、裁缝店。再向前，有一个冰窖，常见有人用叉子向外出冰，半米见方，表面粘着草屑，大约是河冰。紧挨着冰窖的是义利面包厂门市部，外婆在这儿买乳白面包和精白面包，都是半斤粮票，前者三毛二，后者两毛八。再往前，就快到王府井了，离路口不远的地方，是馄饨侯，浦五房在它隔壁，在这儿常买的是叉烧肉、笋豆、肉松、广东香肠。对面把角处是懋隆珠宝店，距此不数武有一家鲜花店，外婆不买别的，常年只在这里买玉兰花，玉兰一对，其端顶着两朵茉莉，用别针戴在大襟的纽扣旁边。晚间摘下来放在湿毛巾里，第二天还是新鲜的。

南池子大街两旁都是大槐树，夏天绿荫交柯，遮天蔽日。从东单开过来的3路公交车穿街而过，开往北池子、骑河楼、沙滩、景山东街，地安门是终点站。从外婆家去王府井，走路的话不算远，不过如果逛了街再走回来就有点累，于是会坐上三轮车，到家两毛五。

一九六六年，平静的生活有了波澜。外婆似乎觉察到什么，有点担心自己的出身，把陈年的相册翻检一过，取出一张军官骑在马上抱着她的照片，撕掉了。她说，我十六岁离家出走，一辈子靠外公的工资吃饭，活得堂堂正正。今后如果过不了我喜欢的生活，我就去死。抄家风起，雍华医院首当其冲。很快到了北井胡同，这时候南池子已是叫作葵花向阳路，胡同的名字全部取消。二号院被抄，是附近中学的红卫兵，然后就过去了。外婆松了一口气。八月三十一号，我从北池子门诊部打针回来，家里已是天翻地覆，红卫兵来自良乡，是五号院居委会主任的丈夫从良乡叫来的，给外婆扣上"地主"帽子，勒令返乡。北屋两间贴上封条，只留下西屋。九月三号外婆被居委会主任叫出去扫大街，几个小孩子追着她往身上吐唾沫。当晚，外婆和外公早早睡了。一夜无话。然而次日一上午不见起身，惟闻鼾声大作，叫也叫不醒。小舅舅觉得不对劲，到南湾子叫来李英，李英一见，立刻说：赶快灌白开水，服了安眠药了。结果外公救过来，外婆一睡不醒。

外婆不在了，外婆家没有了。我的童年时代随之结束。

（初刊于《老照片》第一三八辑）

幻园后传

　　《幻园琐忆》是"幻园"主人离开旧居数十年后的一篇回忆，写的很伤感。关于园中的布置，文中说道，"一条长长的、两旁摆满鲜花的甬道，通向小园深处。甬道的尽头有一对搭了架子的茂密的龙爪槐，夏日满地浓阴，清凉无汗"。"东南角假山上有座茅亭，是全园最高处，通向茅亭的'山路'曲折萦回，颇见匠心。有的要步过池上的石梁经过山洞，宛转拾级而上，始达山顶。有的隐在花丛里。或要经过枝叶相交、浓阴蔽日的林间小路，先把你引向池边，然后峰回路转，才隐约见到登山的石磴"。"我母亲的书房与她的卧室毗连，在楼上，东南两面全部是窗户，听说原是一个大阳台改造的。窗外有紫丁香十几株，还有海棠和太平花。每当三四月间，这些花几乎同时绽放，推开窗户，花气薰人欲醉，只听见隐隐的蜜蜂声，'下临无地'，一片花海。这间书房像一叶小舟在花海中浮荡"（《赵守俨文存》，中华书局一九八九年）。

　　"幻园"易主，原因大约即如《幻园琐忆》所云"后来连维持小园的现状都不可能了"。入住者之一，便是外子。他是这座百年老宅里居住最久的唯一者，——至今六十八年，岁月且在继续。"后传"，则即外子讲给我的故事。

——根据管理部门存档，东总布胡同的这座宅院建成于光绪三十一年。据说原初的主人是一位德国工程师，他也是宅院的设计者。后来在一次赌博中把宅子做抵押，输给了一位下野军阀。一九四九年北京和平解放后，新成立的交通部买下这所宅院，价格是三千匹布。当时父亲受命组建交通部，于是组织上安排全家住进来。不过当日调至交通部任职的外地干部还有不少没有解决住房或住所里面没有取暖设备，父亲就把这所二层楼的楼下全部让出来为一部分干部解决困难。那时候的院子，主院是南院，西边有两个以月亮门相通的跨院。进大门后一道二门，从北到南一条很长的砖石甬道，甬道南头两边各一棵龙爪槐，尽端一株杏树，结果很甜。前行则即以一排太湖石合作屏障的后园。入眼一个藤萝架，后园里一座太湖石叠成的假山，贴着假山一株老榆树。山上一座小亭子，里边设着石桌石凳，可供纳凉。假山西侧一个大水池，夏天孩子们便在水中嬉戏。院子里种着桃树、枣树、海棠、沙果、桑椹、丁香，靠西墙一棵樱桃树，太湖石边两株合欢。西跨院里也有枣树和桃树，还有一个葡萄架。楼前一带翠竹，凌霄缘墙而上，花开时节窗边朵朵艳红。

——这样到了一九五二年，从湖南调来北京任职的王首道相中了这个院子，于是一楼的房子腾空，王首道一家和我们做了邻居，一住十二年，直到一九六四年，时任交通部长的王首道调离交通部到中南局任职。此后不久，又来了新住户，便是对外文委副主任、党组书记李昌一家，当然也是因为对院子的喜欢。院子的东墙是与邻居共用的，墙东一株大槐树，伞一样的枝干大半伸到墙西，以至于为我们的小楼遮阴。邻居便是马寅初，马老早已过世，哲嗣居住至今。十年浩劫，宅院里分别住在二楼上下的两家统统经历磨难，同样遭受折挫的轻工业部部长李烛尘家属曾在这里寄住了几年。至于宅院，则有幸有不幸：它依然存在，自然是幸运；砖石甬道敷设水泥，水池旁侧挖了一条防空洞，挖出来的土填满水池耸成一座土坡，原有的景观破坏了，算是小小的不幸。

汪曾祺有篇文章题作《胡同文化》，他说："胡同有的很宽阔，如东总布胡同、铁狮子胡同。这些胡同两边大都是'宅门'，到现在房屋都还挺整齐。"这里说的"现在"，是上个世纪末。所谓"宽阔"，是与小胡同相对言。至于东总布胡同两边"宅门"里的主人，听外子说，出大门往西，路北紧邻的两所宅子，其一住过曾任司法部长的史良，之后先是入住李宗仁的秘书、人大常委会副委员长程思远，后是政协副主席钱昌照。其二，住过人大副委员长沈钧儒，后来的主人是班禅，彼时大门外总有长途跋涉而来的藏民安安静静排长队等候摩顶。班禅过世，宅院重建，据说成为某单位的招待所，向南开门的一栋小楼镇日大门紧闭，偶尔有车开进去，从开启的门里一眼瞥见大玻璃窗的房间墙壁高挂着"晋唐书画"的横匾。如今胡同依然宽阔，却是车水马龙俨然大道通衢，再无昔日胡同里居家的安静。

《幻园琐忆》结末说道，"今天小园的主人和到过那里的客人已一个个谢世了，所剩的寥寥可数，这一页很快就要揭过去了。这里不久可能夷为平地，由于它既非名园，又不是名人故居，将来不会再有人知道它的存在"。"在三十九年前北风呼啸的严冬里，我终于离开了我的小园，我当时清楚地知道这是永别，借用 George Elliol 的一句话，我知道'金门永远对我关闭了'。从此我脱胎换骨，铸成新人。而'幻园'也同时诞生了，那里永远是鸟语花香，永远有一个年轻的我"。作者这里说的三十九年前的严冬，是一九五○年年初。按照外子两个哥哥的回忆，入住此宅的时间与此一致，那时候大哥已经十六岁。

半个多世纪过去，历经种种变迁，这座百年老院经霜被雨竟然奇迹一般"活"到今天，《幻园琐忆》里的"一片花海"，外子记忆中的果木繁盛，虽各有枯荣，但院落格局尚无大的改变。大约十年前，它与马寅初宅一起列入北京市近代优秀建筑保护名录。不过与"幻园"主人不同，此后入住这里的无一例外是租户，因为宅院属于公产。我是租户里的附属者，并且是后来，但也将及四十年了。眼看着窗外的一株柿子树越过房顶越长越高，虽依然年年结果，果实却是艰于摘取。依着东墙的香椿树，枝丫愈益伸远，有几杈好像推开窗便伸手可及，春天，伙食里的香椿炒鸡蛋便是来自院产。曾几何时，花园变身菜园。邻居孜孜于躬耕南亩，黄瓜、冬瓜、茄子、西红柿、小白菜、西葫芦，今年种了白薯，一个块根上的两个芽儿，竟收获了一大盆。在我寄寓的空间里，扑面的翠色中最喜欢合欢与柿子，因命所居为"椿柿楼"，即便后来两株合欢先后枯萎，也未易名。椿柿楼中流逝的是读书岁月，包括翻阅《幻园琐忆》作者赵守俨先生主持的中华书局版点校本"二十四史"。"今天小园的主人和到过那里的客人已一个个谢世了，所剩的寥寥可数"，如此情形也同样适用于"后传"。"这里不久可能夷为平地，由于它既非名园，又不是名人故居，将来不会再有人知道它的存在"，这样的结局，"后传"里尚未出现。得知寄寓之所的前史，原是得益于陈公柔先生，——多年好奇而又无从查询，某日往访先生道及此惑，答曰："是赵尔丰的后人啊。徐苹芳告诉我的，不会有错。"

（初刊于《掌故》第四集）

六十九岁半

六十九岁半，是周岁计数，其实早已年逾七十。蘸墨写字，断断续续竟也六十多年了。

没有师从。曾经的一次机会，却是放弃了。一九七六年在历史博物馆学车，增驾大货，不谙世故，得罪了师傅，因此练车的日子很少，于是游荡到美术组看馆里的书家为展品书写说明。常常碰到一位高个子的先生，很和善。他见我总去，就问是不是对书法感兴趣。便嘱我把习字带几张来，遂指授一二。又引领我往馆里的图书室检阅碑帖，复赠以手临《善见律》两叶，曰唐人写经可以临习。这位先生名曹肇基。后此二十年，向遇安师提起曹先生，虽然不在一个部门，但师于这位故去的同事尚有印象，说他人很好，并告诉说，天安门两侧的"中华人民共和国万岁"和"世界人民大团结万岁"就是这位曹先生写的。曹先生的教诲至今记得的只有两点：一、横竖撇捺，每一笔都要送到家；二、切忌"涨笔"。某日，曹先生说要带我去拜师。北海后门左近的一条巷子，一个很规整的院落，一位老先生，姓李。他说：从《圭峰禅师碑》入手。于是到琉璃厂买了来。第二次单独前往，李老先生说：授课是要收费的，一个月四次，十块钱。如此，月薪将去掉四分之一。而当时我还在另一处补习英语，每个月学费六块。核计一下，就弃学了。

虽了断问师一途，但于习字，究竟还是喜欢。偶遇高人点拨，也多少有点领悟。不过没有长性，几年不动笔，任它砚池久涸，也是有的。直到二〇一〇年秋，曾在重庆有泉山居小住，临别写了一纸扇面持赠居停主人，主人建议我每天写一纸，"数年下来，必很可观"。很为这个前景所动，从此竟是除去外出近乎每日一纸，持续至今。只是既不认真临帖，也不用心琢磨笔法、结体。没有耐心打格、数字，更舍不得花时间细心布局，不过信手而书，所钞多半是当日翻阅的书籍。有不少摘自诗话、题跋之类，虽是以对联的形式书写，其实并不是对联。尝试各种各样的信笺，是其中一乐。

去岁，陆公子看到我三十年前写的字，问他：今天所写和旧日相比，可有进步？答曰：看不出进步，倒是没有退步。于是想起欧阳修《归田录》卷一中的一段文字："宋宣献公（绶）、夏英公（竦）同试童行诵经。有一行者，诵《法华经》不过，问其'习业几年矣'，曰'十年也'。二公笑且闵之，因各取《法华经》一部诵之，宋公十（一作五）日，夏公七日，不复遗一字。人性之相远也如此。"学书数年成绩之微，正如一部《法华》十年不能记诵，天性驽钝，想必我也可得聪慧而通达之士"笑且闵之"。当然若解嘲的话，倒也不妨说诵经本不是目的，而是修行之日课也。

不过，总还要为自己寻找一点鼓励。偶翻旧年日记，蓦然看到二〇〇七年里的一段记事，大喜过望——原是早就忘记了。今照录如下：

十一月六日（二）

刘涛来电话说孙晓云来了，执意要来拜访，已在路上。四点钟到，坐聊至五点四十分，然后往美林阁。一会儿刘涛、孙晓琳也来了。

与孙晓云在家中主要是聊书法。请她看了去年钞录的清真词废稿，不想被连声夸赞。她说："打个比喻吧，现在走到哪里看到的都是野花野草，突然在一个地方看见精致的一个小台子，上面放了一盆精心养育出来的花，它很安静，很纯洁，就那样与世无争，静静开放着，这就是你的字，或者说这是我看了你的字之后的感觉，这也是我一直追求的东西。""不用羡慕别人那种写字的潇洒，那是很容易就可以得到的，而你所拥有的是别人想要而得不到的。""写字无所谓进步，你一下子就到了一个境界，那就是属于你的境界，不要去轻易改变它。"

真是这样么？

癸卯良月十八

（原为《六十九岁半：梧柿楼日课二编》引言）

后 叙 一

一

二○一七年，曾有过一个小小的热点，即缅怀高考恢复四十周年，报刊上面这一主题的文章有不少是出自我的朋友和熟人，读来自然很有兴味。同时也不免想一想，榜上有名之士外，落榜者不知四十年来境遇如何？却没有一篇文章谈及。也曾发兴草一则落榜生的四十年凑趣，但又恐怕有"搅局"之嫌，于是作罢。

不久前，人民文学出版社的一位知交转告说，同事有意为我编选一本"从师""问学"之类的小册子，拟自前些年出版的《楉柿楼杂稿》和《问道录》中选录相关文字，因此而与杜广学君相识。之后很快收到杜君发来的选目，似乎早是胸有成竹。小文非一时而写，本无条理，不意经杜君一番条贯，丛脞的文字，竟约略呈现一种总体的叙事感。由是引发思绪，遂借此再补缀数语。

二

六十岁生日过后的第一个周二，也是退休之后的第一个周二，到办公室取书，同事递给我一封信，信封是本所的，用订书钉封口，显然未曾邮寄。打开来，抽出一张粉色的纸，原来是一叶打印出来的感谢信。开头一句是"在您为祖国和文学研究所的建设与发展辛勤工作四十三年后的今天，所党委向您致以最崇高的敬意和最诚挚的感谢"，也就明白了感谢之由来。当然知道这是例行公事，并没有特殊之处，——同事曾在人事处实习，随口说道"我也曾有幸做过这样的事"。"是照着档案写的吧。""是的。"即便如此，我还是把它看得很重要，毕竟这是"盖棺论定"之前的一份"准盖棺论定"，因不免仔细读了好几遍，便好像也翻开了自己的档案。我们这一代人，对个人档案始终是抱着几分神秘感的，总猜不出里面会放了什么样的材料。感谢信自然是选取了材料中体现"优秀事迹"的部分，评价的文字且先放过，关于各项事实，原是亲历亲为，本不新奇，然而在这里出现，还是感觉着一点浅薄的骄傲。列举个人著述之后，读到"开一代风气，成一家绝学"之句，先是欣悦，继而愧赧。"您在长期的工作中，干一行爱一行，始终以弘扬祖国优秀的文化遗产和传统文化为己任，勤奋治学，努力工作，作风正派，学风严谨"。不知道这是否为程式化的评价，但这一点我却乐意照单全收。

二〇一四年四月五号，所里为我办了一个总结式的讲演，讲演结束后，刘跃进所长作为主持者对我十八年来的工作有一段评述，其中说到我的经历是"不可复制的"。我以为这并不仅仅是针对我个人，或者说，主要不是针对我个人，而是特指使我完成职业转变的时代，这个时代对自学的支持、认可，并且体现在不含偏见的真正的接纳，即以成果来判断研究能力以及潜力。当然也是因为这个时代之前，还有一个充满求知欲却无法读书的时代。走出荒谬之后，我和每一个亲历者一样，也在努力改变自己的命运。七十年代初结束插队生活，经历了司机、资料员、编辑，最后进入学术殿堂，在职凡十八年。在这十八年里，完成了从初中生到研究员的最后转变。完成这一转变的保障，是文学所提供了学术研究所需要的一切条件，包括信任、支持、奖励以及所给予的最大的自由度。主观条件，则是在这之前我有着《读书》十年里的十年读书与问学。

三

《读书》十年，我联系的作者多为蔼然长者，虽然组稿是目的，而不以问学为意，但来自不同方面的熏陶和影响，潜移默化，自在其中。交往过程的诸般琐细，颇存于历年的日记，收在这里的《梵澄先生》等数篇，便泰半是从日记中摘录的文字。

今年年初辞世的陈志华先生也是我始终敬重且深深感念的一位师长，我早年对中西建筑的兴趣和写下的几篇文章，都是受了陈师的影响。后来为陈师乡土建筑调查与研究的著述作评，则是深被陈师为保护面临拆除之难的珍贵遗存而奋争的精神所感动。先生每为不及抢救而毁于一旦的乡土建筑痛惜不已，有时竟是老泪纵横。手边一册《台静农论文集》系陈师所赠，一九九一年三月廿三日日记曾记述取书经过："到清华访陈志华老师。此前他往台湾探亲，曾托购一部《台静农论文集》，此番归来，已将书买到，并在扉页上题了字，写明送与我。往访之时，适逢外出，夫人接待，说：'这本书好贵哟，在国内也买不起的。'又道：'陈老师总夸你好，虽然你只来过几次，坐的时间也很短；信也不多，也都是几句话，但他非常喜欢你。'""喜欢"的原因，即写在扉页的文字里："一九九一年初，我去台北探亲前夕，丽雅同志来信，嘱我买一本台静农先生论文集，并说要开夜车写稿，挣点钱来偿付书价。记得几年前初见到丽雅，她就告诉我，为买书而一天只吃两餐饭。教了一辈子书，我对宁可不眠不食而要买书的年青人，当然万分喜爱，于是成了倾心的朋友。到了台北，我做的第一件事，就是到台大门前去买了这本'静农论文集'。价钱很高，合我一个月的工资。我把它送给丽雅，书不可不读，但饭还是要吃饱，觉还是要睡够。那边知识值钱，我在台大讲一晚上课，报酬够我买五本书的了。而我的本钱，不过是这片广大土地上取之不尽、用之不竭的乡土建筑文化。"关于省钱买书一事，原是八五年的时候我买了一本李允鉌著《华夏意匠》，乃令陈师大为惊讶而发问，因为此书定价四十五元，而我当日的月薪尚不足此数。只是"吃两餐饭"，似属误记，以书评的稿费换取买书之资，则是一贯的做法。后来为《华夏意匠》写了一则书评发在《读书》，书钱便赚了回来。至于末云"那边知识值钱"，当然早是旧日景象。我想，所遇诸位师长对我的"喜欢"以及奖掖教诲，应该是出于同样的原因，即缘分均在于爱书。

过从不多却久承厚爱的还有何兆武先生，日记中也多有赠书的记录。总之，自学的路很漫长，若非总有师长指点迷津，袁桷所云少日读之五失（见《清容居士集》卷二十二《袁氏新书目序》），必是难免。如此这般的命运之眷顾，庶几可以抵消未能进学于高等学府的遗憾了。

末了，将《问道录》后记中补记两位师长的文字也一并迻录于此：

（一）

二〇一六年十一月廿日（日）

傍晚意外接到吴学昭电话，说她受杨绛之托，近日正在帮助处理遗物，杨绛辞世前曾把手中的信件整理分类，一部分是属于好朋友的，因委托吴学昭一一退还本人，而退还的时候要附上一两件自用的物品，她说这里有我的两封信和一张明信片，准备近日寄还，并为我选了一枚发卡作为纪念，——按照古人的说法，应该叫作"遗念物"。

真是很意外，一直以为杨绛老师早就不记得我了，怕添麻烦，也不敢再去叨扰，没想到竟然会被列入"朋友圈"。更没想到老人家会在离开这个世界之前，细心考虑到信件如果流失会给写信人带来不便，而用了如此温暖的方法妥善处理。后来在《作家文摘》看到吴学昭《送杨绛先生回家》一文，其中说道为保护自己及他人隐私，杨绛先生"亲手毁了写了多年的日记，毁了许多友人来信，仅留下'实在舍不得下手'的极小部分"，那么我的这几通，竟还是杨绛老师有意存留下来的。

——初读《管锥编》，是一九七九年我在民间文艺研究会资料室的时候，那也就是我开始系统读书之际，这一年已经二十五岁了。前几年我曾说过《管锥编》是我的入门书，也就是这个意思，即由此明白了应该读什么书和怎样读书。而在这之前早就读过西班牙流浪汉小说《小癞子》，——插队的时候，记不得由什么途径过手这么一本破旧的小册子，书荒的年代里，它不啻大餐，同室的几个人传看之后又传往下一站。这以后很久，大家都还在津津乐道书里的各种情节。小说作者佚名，于是记住了译者名杨绛。

和杨绛老师的通信始于一九八四年，大约一共十几封，而每次总会很快接到回复。《小癞子》自然是信中提到的，杨绛老师因寄我一份刊发在《读书》的《介绍〈小癞子〉》，原是从一九八四年第六期上拆出来的散页，天头上写着："谢谢你三月八日来信，因想起这篇文章，寄你请教。"杨绛老师保留的三通，分别写于一九八七、八八和八九年，其中一通写道："记钱先生有言：读书以极其志，一事也；以读书为其极至，又一事也。我取后者为事，便最得趣，因此常常是快乐的。"杨绛老师回信中针对这一段话道："书可作良师益友，可是不能喧宾夺主，盼你勿忘了自己是主人。你引了锺书的话，他本人却不知出处。你读书用功竟打倒了钱锺书！一笑。"当然知道是玩笑，却也教人兴奋了好久。

（二）

二〇一七年七月十日（一）

接到徐伯母电话，说新近出版了"徐苹芳北京文献整理系列"四大本，是据徐先生的手稿影印，"想分送给老朋友"。约好明日往取。

——称"老朋友"自然是客气，其实我是得到徐先生扶掖的晚辈。

徐先生话很少，不论打电话还是面谈，通电话的时候就更简捷，"哦"，"是"，是我听到最多的回应，但提出的请求却从未拒绝。定陵出土金银首饰是我关注多年的一批，也曾撰文考证，但总没有机会亲验实物，于是希望徐先生帮忙，没想到竟然很快如愿。与湖南省博物馆合作编撰《湖南宋元窖藏金银器发现与研究》，最初有想法的时候，徐先生就很支持，书成，请先生作序，也是一口允诺，并且很快写好。小书《奢华之色：宋元明金银器研究》三卷出齐后，中华书局在中国国家图书馆举办了一个小型恳谈会，我在二〇一一年一月八号的日记中记道："徐俊主持。第一位发言是徐苹芳先生，谈了四点意见。第一说到我的勤奋和这项工作的不容易。第二说到书里所体现的文献功夫。第三是实物的考察和研究。第四说到中国考古学中的手工业考古至今还没有人做，而我走在前面，先迈出了这一步。最后说，近年学术界的状况，不是进步，而是沉沦，正处在一个十字路口，我们应该好好思考，到底应该怎样做。"当年的五月下旬我在宁夏考察，二十二号那一天接到秦大树电话，说受人委托通知我：今晨五点钟，徐苹芳先生过世了。次日接到小儿发来的短信："《北晚》登了个豆腐块，徐苹芳先生因病昨日去世。回想母亲大人新书恳谈会上，徐老仿佛履行文化使命一般，尽老迈之躯奋力鼓吹，其音容笑貌不断在脑海中闪回，恍如昨日，不禁泫然。"

初次拜见徐先生，大约是在一九九六年我调到社科院后不久，其时在遇安师指导下写就一文题作《古器丛考三则》，吴小如先生看过后，主张刊发《燕京学报》，那是他和徐先生共同负责的。几天之后，接到徐先生电话，约我去先生家里。见面后告诉我说，小文不很合于《燕京学报》的宗旨和体例，就不打算采用了。语言很委婉，也有勉励的话，末了说道："你遇到问题可以去请教陈公柔先生，他学问非常好，如今退休了，你们两家又离得近。"以后我果然常往陈先生处求教，多有所获。聊得熟了，陈先生告诉我说："我和徐苹芳议论过你的事，他说，你这个初中学历，恐怕在社科院站不住。"至此才明白徐先生的一片深心。

四

近日在《文汇报》（八月廿六日）读到谢泳《新时代的文史研究》一文，其中说道："现在电子检索文献极方便，但我还是喜欢读书，因原始读书有阅读快感，原先记忆中存了的问题，读书过程中遇到了，发生联想，再去检索，然后解决。电子检索的先决条件是你得先产生观念或将相关问题浓缩成语词，但有趣的文史问题，常常和原始材料表面没有直接关系，一望而知则无研究必要，如何建立这个关系才见研究者的能力。也就是你产生的问题是不是有研究价值，是不是有趣味，能不能成为一个智力问题。直接的问题易于使用电子检索，知识性的问题最适合机器，但缺少趣味，它更接近技术工作，而原始阅读仿佛艺术活动。""文史工作和严格的社会科学研究还有区别，它一定要有'闲'的那一面，要有'趣'的那一面，要有'曲'的那一面，过分直接，易索然无味。习见知识，机器时代，实在无必要再说一遍。文史研究要求真求实，但求'趣'，也是题中应有之意，梁启超、胡适他们总强调学术研究的趣味，就是这个意思。"所云令人深有同感，特别是"原始阅读仿佛艺术活动"和"学术研究的趣味"，我从诸位老师那里看到的是这一点，自己也以亲身经历参与了同样的体验。近年虽然也在努力学习电子检索，但究竟生性驽钝，且渐入衰年，实在无力跟上时代变化，今后在学术研究方面已是难有进境，不过爱书之心与求知欲望却未曾少减，在这本小册子里纪录前电子时代老师们"艺术活动"之点滴，以见"学术研究的趣味"，我之读书与问学，也正不妨结穴于此。

壬寅桂月十一,六八初度

后 叙 二

一

此书编定于去秋，彼时遇安师身体康泰，精神矍铄，方全力以赴反复校订交付商务印书馆出版的文集。万万没想到，今年初夏，老师竟染新冠而不治，遽然辞世。

收在这里关于老师著述的一束绍介文章，今年五月底乃遵师嘱纂成《孙机文集》的一篇跋语，以下几行文字，是纂集跋文的前后情景：

遇安师这几年集中精力做的一项工作，是全面修订八卷本的文集，至今年三月下旬，已基本完成，不过老师仍坚持要再细读一遍校样。三月廿四日，我在无锡博物院参观时，接到遇安师电话，嘱我为文集写一篇跋语。归来后草成呈送师阅，老师修改后返回，我将意见斟酌誊入，遂成定稿。五月底我往四川，六月四号上午和下午两次接到遇安师电话，嗓音嘶哑，如果不是来电显示，简直听不出是谁。第一句话就是："我怎么写不出东西来了。"然后说四天前阳了，坐也不是，躺也不是，简直不知干什么好。问发烧吗？曰低烧。"去医院了吗？""去了，医院说没事，就回来了。""那您就好生将养，先别想着写文章的事了。最好能住院，比较安全。"第二次电话，说："你还在四川吗？""是，在泸州呢。"最后道："你多保重吧。"这两个电话太特别了，因为老师无事一向不打电话，遂不免心中忐忑。之后的一切，都近乎意料之中，虽然仍不时生出向好的希望。今天从医院返家，打开身边书柜里师的各种文集，看到扉页题字，看到夹着秦颖拍摄的照片，取出师赠送的数册手稿，转瞬之间一切都成为遗物了。二十八年来，每次打电话，叫一声"孙先生"，立刻听到连声回应"您好您好"。最后听到的一句话，竟是"你多保重吧"。

唯一教人欣慰的是，凝聚着一生心血的文集，经遇安师手订，近期可望面世，这是孙先生留给我们的一份最珍贵的遗产。

二

九月廿六日，中国国家博物馆依例举办第五届中国古代服饰学术研讨会，会议的第一项议程，是《孙机文集》新书发布，以下是我的一个简短发言：

三个月来，我经常的感觉是孙先生还在，偶然说道孙先生不在了，倒好像是幻觉。每年这个时候我会为遇安师做寿，今年确定会议的日期时也还是这么想的。先生的文集就在我们身边，此际更能真切感到仍然随时可以向老师请教。遇安师的治学之道，其实几句话就能够说清楚。首先是海量读书，穷尽材料式的读书。当然做到这一点不能说是很容易，但并不是特别难。难的是思考型的读书，即不盲从，更不迷信权威。所谓"治学严谨"，多闻阙疑，是重要的基础。我师从孙先生二十八年，自认为得获三件治学秘钥。第一件，什么文章可以写，什么文章不可以写。可以写的标准是八个字：发现问题，解决问题。反之，即不可以写。发现问题，解决问题的前提，是站在学术前沿。第二件是治学的具体方法。首先是做长编。一旦命笔，就要舍得剪裁，知道一百二十分，写出来的只是六十分，最多八十分。在自己掌握的材料中，只选取最为关键的证据，用在最恰当的地方。唯有在证据不足的时候才需要用穷举法。如此写出来的考证文章，才会言简意赅，斩截有力，足以服人。第三件，证据不足，决不要轻易动笔。证据不足有两种情况。通常思路对了，材料就会不断涌来，如果不是这样，那么有可能是思路有问题。另一种情况，思路是对的，但证据链上尚有缺环，那么唯一的办法就是耐心等待。

三

在文集跋语的结末我写道："遇安师以数十年的实践向我们昭示了治学路径或曰发现问题、解决问题的方法和以此获得的硕果，承载硕果的这一部文集，自是耸立在文物考古研究领域里的一座丰碑。"老师阅后改作："古文物是历史的见证。有了确凿的证据，历史会变得更具体，更鲜活，使今天得以充分了解现实社会是怎样发展演变过来的。但实际上在这方面还有些欠缺，许多情况还说不清楚。因为只采用考古学讲层位、讲形制的办法，不能完全做到这一点，采用传统的考据学的方法更是如此。看来将文献与实物准确恰当地加以结合，乃不失为可行之道。本篇所举文集中的一些例子，正响亮地回答了这个问题。"我援引了这段改动的前面部分而保留了原文的结束语，但内心深知，删除这一句评价，是遇安师的自谦，更是遇安师的自信。

最后，借用《列子·汤问》中的一则故事作为问学之道的总结："薛谭学讴于秦青，未穷青之技，自谓尽之，遂辞归，秦青弗止。饯于郊衢，抚节悲歌，声振林木，响遏行云。薛谭乃谢求反，终身不敢言归。"

癸卯十月初九